U0165078

黎健 著

他乡的星光

欧美游学散记

中 华 书 局

图书在版编目(CIP)数据

他乡的星光:欧美游学散记/黎健著. —北京:中华书局,
2023. 5
　ISBN 978-7-101-16172-4

　Ⅰ.他… Ⅱ.黎… Ⅲ.随笔-作品集-中国-当代
Ⅳ.I267.1

中国国家版本馆 CIP 数据核字(2023)第 053728 号

书　　名	他乡的星光:欧美游学散记	
著　　者	黎　健	
责任编辑	李世文	
责任印制	管　斌	
出版发行	中华书局	
	(北京市丰台区太平桥西里 38 号　100073)	
	http://www.zhbc.com.cn	
	E-mail:zhbc@zhbc.com.cn	
印　　刷	北京盛通印刷股份有限公司	
版　　次	2023 年 5 月第 1 版	
	2023 年 5 月第 1 次印刷	
规　　格	开本/880×1230 毫米　1/32	
	印张 8½　插页 2　字数 120 千字	
印　　数	1-3000 册	
国际书号	ISBN 978-7-101-16172-4	
定　　价	56.00 元	

目 录

序

韩启德

  自上世纪八十年代开始，伴随着改革开放的浪潮，一批批年轻学子走出国门，去往欧美等发达国家学习先进的科学技术和人文社会科学，学业完成之后，他们中的一批人进入国际跨国企业或著名大学与研究机构就职，进一步开阔视野和积攒工作经验，并深度融入当地的社会和生活。世纪之交过后，他们中的不少人携带先进的技术和经验，回国创业或工作，对祖国高新技术产业的建立和发展产生了积极的推动作用。本书作者黎健博士就是其中一员。

  《他乡的星光》收录了黎健博士的三十篇散文，这是他在欧美学习工作近二十年的一些经历的记录和感悟。"星空璀璨"中的篇章，介绍了包括作者导师在内的十余位杰出科学家的成长路径和科研历程，以及多所殿堂级科研机构的发展历史，引领读者一起沉浸式地感受西方科学文化，真正从科学家身上理解科学精神。"星河漫游"和"星辉初曜"则更多地从生活的角度记叙留学生活，读者可以从文章中体会到饱满的人文情怀，东西方文化的交融，友情、爱、善和家庭的温暖。这些故事引人入胜，文笔流畅优雅，介绍科学的部分通俗易懂。难能可贵的是，这些文章出自一位终日与化学分子式和实验报告打交道的理科生之手，文字之中又透着几分科学工作者特有的简洁、精确和严谨。

科学精神和人文精神共同推动了人类文明进步，历史上许多杰出的科学家都具有博大的人文情怀。本书中介绍的多位科学家，也是这样的典范：他们在科学研究之外，密切关注社会和人类的命运，同时在文学艺术方面也有深厚的造诣，科学与人文相得益彰，为他们的人生插上了飞翔的翅膀。从这些文章中，读者可以体会到作者以这些科学家为榜样，胸怀报国之志，努力学习做一位有人文情怀的科学工作者，做一个完美的人，一个现代人，一个大写的中国人。这也是每一位新时代科学工作者努力的方向。

《他乡的星光》出版之际，有幸先睹为快，特写下几句感触，是为序。

星空璀璨

哥廷根情结

德国有许多古老的大学城，比如海德堡、哥廷根、图宾根、弗莱堡和马堡等。这些城市，都因一所著名大学而驰名，而大学城里的生活，也与这所大学密不可分。在二十世纪二三十年代物理学的黄金岁月里，哥廷根大学教授波恩、海森堡等领导的哥廷根学派，在量子理论的创立中做出了巨大贡献，而哥廷根，也成了当时全世界物理学家心中的圣城。那时在北美的大学里流行着一句口号：收拾行囊，奔向哥廷根。我在大学学习量子力学和科学史时，这些大师们的名字，如雷贯耳，而哥廷根这个地名，也常在耳边响起。后来得到德国洪堡基金的资助赴德从事研究工作时，哥廷根自然是首选之地。无奈岁月流逝，斗转星移，今日的哥廷根，数理化的研究都远非当年鼎盛时期可比，我所从事的研究在那里已非热门，所以我们选择了与哥廷根同处一州的汉诺威大学，但是，我的心中总是放不下哥廷根，总想到那里去看看，妻子取笑我，说我的心中有一个哥廷根情结。

解开心中哥廷根情结的机会终于来了。妻子申请在德攻读研究生，我极力鼓动她申请哥廷根大学，并被顺利录取，但必须先到那里去通过该校的外国留学生入学德文考试。就这样，我一路相送，来到了哥廷根，终于有机会细细品味一下这座在书中神游过多遍的学术圣城。

哥廷根是一座人口不到十五万的小城，居民中大学生、教授和马普研究所的研究人员占了相当比例。小城位于哈茨山脚的丘陵之中，哈茨山上流下的清亮溪水，汇成了一条不大的莱纳河，蜿蜒蜒蜒，穿城而过。以汉诺威选帝侯乔治奥古斯特命名的大学，久负盛名。从十九世纪初叶直到二十世纪三十年代，这里汇集了一大批数学物理精英，真可谓群星灿烂、光彩夺目，极大地推动了数学和物理学的发展。这里先后出产了四十几位诺贝尔奖得主，他们或毕业于哥廷根大学，或曾在这里任教以及从事研究。今天，漫步在哥廷根内城幽静的小巷中，在那经过岁月风雨的侵蚀略显斑驳的墙壁上，常常可以发现一个精致的铜牌或木牌，上书"物理学家索末菲尔德，1925年居住于此"或是"诗人海涅，1821年以此为家"之类的文字。这样的牌子，在哥廷根据说有二百五十多块。在城外老墙边有一座塔楼，当年十七岁的法律系学生俾斯麦曾栖身于此，这位后来的"铁血宰相"、德意志帝国的创始人，当年却因行为放荡和酗酒而被禁止住在城内的学生宿舍，不得已只好寄居在塔楼之上。内城中心的街道两旁，有许多老字号的小酒馆，那是学生们苦读之余的好去处。岁月悠悠，今日走进这些略显昏暗，挤满大学生的小酒馆里，穿过时光隧道，仿佛仍可听到大师们年少时把酒论英雄的高谈阔论和朗朗笑声。

走过城西熙熙攘攘的集市小广场，绿树掩映之中，是一座黑黑的铜像，铜像里的高斯和韦伯，一坐一立，正在讨论着他们那千古不朽的电磁定律。数学王子高斯，从小就显示出非凡的数学才能，十九世纪的上半叶，他在哥廷根大学任教近五十年，从而使得德国继法国之后，成为世界数学研究的高地，而哥廷根又是德国数学研究的中心。高斯不仅在数学上成绩斐然，也在天文学、测地学和电磁学上做出了很大贡献。他还和物理学教授韦伯合作发明了电磁电信机，这座铜像就是为了纪念两位大师的合作。继高斯之后，数学家黎曼和希尔伯特相继在哥廷根大学任教，使得哥廷根在数学领域里的翘楚地位，持续保持了几十年。在哥廷根流传着这样一个传说：爱因斯坦在研究广义相对论时，要用到黎曼几何，于是来到哥廷根向希尔伯特请教，从而推导出了那个著名的场方程。有人据此建议希尔伯特也应该在广义相对论的发现中署上大名。希尔伯特回答道：哥廷根马路上随便找一个孩子来，都比爱因斯坦更懂四维几何，然而发现相对论的，是物理学家爱因斯坦，不是数学家。

　　城南那连绵起伏的丘陵小山，是散步的好去处。当年哥廷根大学数学教授希尔伯特，就非常喜爱散步。晴朗的午后，他常会带上学生或助手，沿着山上弯弯的小路，一边散步，一边讨论，许多数学定理，就是这样产生的。希尔伯特在五十多岁时，曾得了当时视为绝症的肺结核，正是这种美妙的散步，使得希尔伯特能够战胜病魔，得享天年。希尔伯特是

高斯、韦伯铜像　©徐坚摄影

十九、二十世纪之交时最伟大的数学家，他在1900年世纪之交时提出的数学二十三大难题，至今仍有一些悬而未决，从而成为促使整个二十世纪数学研究日新月异的动力。今天的哥廷根仍保留着一条"希尔伯特小径"，沿着小径缓缓向高处走去，春日晴和的阳光下，碧草泛着油光，不知名的野花吐芳，孩子们在草地上嬉戏，小溪里一泓清流欢快地向城中的莱纳河流去，在这如画的小丘上散步，怎能不激发无限的灵感和遐想。

散步回到城内，王子街上的大学老图书馆也是值得拜访的。走上高而宽阔的楼梯，仿佛在爬上一座知识的殿堂。这里除了收藏许多图书之外，还有很多珍贵的手稿，包括手抄的圣经。从图书馆出来穿过几条小巷，就到了老市政厅和市场广场。在这个市政厅底层的墙上，直言不讳地刻着这样一句话："哥廷根之外没有生活"，可见当时这里的人们那种以学术傲视世界的自豪感。广场上最引人注目的，莫过于那座鹅女的铜像和喷泉。美丽的鹅女，右手提着一只大鹅，左手挎着一个装有小鹅的篮子，形态淳朴，笑容可掬。这位鹅女，还是哥廷根学子们的情人呢。每当小伙子们历经寒窗之苦，终于披上黑袍、带上博士方帽的时候，总是忘不了要到广场上来吻一吻那美丽的鹅女——号称"博士之吻"，算是感谢哥廷根大学的培养和小城的照看。美丽的鹅女，大概是世界上接受亲吻最多的姑娘了。

近日阅读慕利根（Robert Mulliken）的自传《科学家生

博士之吻的鹅女雕像　©徐坚摄影

涯》，发现这位现代分子轨道理论创始人、1966年诺贝尔化学奖得主，也有一个哥廷根情结。1927年夏天，当年轻的慕利根来到哥廷根学习量子理论时，住在葛培特太太家中。葛太太有一个女儿叫玛丽亚，当时也是哥廷根大学的学生。玛丽亚对英俊潇洒的慕利根颇怀好感，曾主动约会他。但是，鬼使神差，这位不识抬举的美利坚傻小子竟然回绝了这一约会。三年后的夏天，另一位美国小伙子梅耶成了葛太太的房客，慧眼识珠的梅耶没有拒绝玛丽亚的深情，把她迎娶回了美国。这位玛丽亚小姐，就成了梅耶夫人（Maria Goeppert-Mayer）、芝加哥大学物理学教授，夫妇双双发表了许多重要的科学论文。梅耶夫人，也因为在核物理和统计力学上的卓越贡献，于1963年获得了诺贝尔物理学奖，比慕利根还早三年戴上这顶科学桂冠。五十年后，当年迈的慕利根回忆起这段往事时，不胜感慨：如果当年他与玛丽亚结合的话，科学的历史，大概又是另一种写法了。

负笈哥廷根的莘莘学子，当你们不远万里来到哥廷根，住进房东太太的客房时，如果房东小姐与你约会，你可千万不要错过机会了。哥廷根地灵人杰，这位房东千金，日后也许又是一位诺贝尔奖得主呢！

尤格教授小记

读万卷书，行万里路，这一直是莘莘学子怀揣的梦想。到海外留学，机会难得，时间宝贵，留学生们一定都想着多做几个实验，多发几篇论文，多学一点本领，回国以后可以派上用场。然而，在学习工作之余，了解留学城市和国家的文化历史、风土人情，熏陶自己的人文情怀，开阔自己的视野，也是留学的一门重要课程。上世纪九十年代初期我在德国汉诺威大学理论化学研究所做洪堡学者时的导师卡尔·尤格（Karl Jug）教授，就特别同意这个观点。

洪堡基金是德国为了纪念伟大的自然科学家和旅行家亚历山大·冯·洪堡设立的一项基金，主要用来奖励国际杰出科学家和择优支持国外青年科学家来德国从事合作研究。获得资助的洪堡学者不仅可以自由选定研究机构和导师进行一到两年的科研合作，还有机会参加一次由德国总统在总统府举办的欢迎宴会和一次为期三周的环德旅行，近距离了解德国的方方面面。尤格教授之前指导过多位洪堡学者，还担任过洪堡学者评选委员会的副主席，所以他非常赞同留学生既要学习科学知识也要体会社会人文的理念。我第一次出国就能来到他的实验室做洪堡学者，真是一件很幸运的事情。

德国教授具有崇高的社会地位，他们很重视自己的名头，这从他们办公室门口的那块牌子上就可以看出，往往要把博士、教授、先生（Herr Prof. Dr.）等等头衔称谓都列上，一点也不马虎。平日里见到的尤格教授，是一位个头不高、头发灰白的中年人，西装笔挺，领带打得一丝不苟，鹰钩鼻子上一双炯炯有神的大眼睛，目光犀利冷峻，表情严肃。他总是客气地称呼我黎博士先生，为了兼顾提高我的德语水平和正常科学交流，我们约定好学术交流讲英语，日常生活讲德语，所以，我们之间的对话经常要在两种语言之间切换，就在这种切换之间，他的表情也由谈论科学时的严肃，转眼变成谈论生活中的和蔼。

在我的研究课题进展顺利渐入佳境之后，尤格教授会时时来关心我和妻子在汉诺威的生活情况。汉诺威是一座既有悠久历史又很现代化的城市，大学旁边的海伦豪森大花园，是历史上著名的汉诺威公国选帝侯奥古斯都和王后所造。市中心的莱布尼兹故居，是这位伟大的数学家生活了四十年的地方。一年一度的汉诺威工业博览会，是展示全世界最新工业技术的大舞台。夏日里在马斯湖畔举行的射箭节，已经成为全世界最大的同类狂欢节。为了使我们不错过城市里举行的各类活动，尤格教授经常会让他的秘书将近期城市活动安排的广告放在我的办公桌上，甚至用红笔标出有趣的活动。他鼓励我们利用节假日到处走一走看一看，当他知道我们利用复活节的几天假期远赴布达佩斯游览时，又惊讶又高兴地

尤格教授　照片由卡尔·尤格教授提供

说我们跑得比他想象得还远。参加完洪堡基金会组织的三周环德学习旅游后，我向他展示我们一路拍摄的几百张幻灯片，一一细数那些著名的古堡和王宫，深深赞叹德意志的艺术和文化，他的脸上挂满了自豪和满足的笑容。

德国人的生活离不开啤酒和葡萄酒。尤格教授出生在埃森的一个律师家庭，他的父亲也是当地小有名气的一位葡萄酒收藏家，家里有一个大酒窖。然而，他很自豪地宣称他是更好的葡萄酒品尝家，因为他学过有机化学，对葡萄酒的化学有更深入的了解。每年的10月份，他总要从办公室消失几天，一个人开车到莱茵河莫泽河一带去了解当年葡萄的长势，回来时汽车后面的行李箱里塞满了采买的新酒，准备入窖收藏。为了启蒙我的葡萄酒知识，他把我们请到他家中，从珍藏的美酒中挑出几种不同种类和年份的，让我们一一品尝，同时翻开葡萄酒大全书，给我们讲解各类葡萄酒的特色，不同年份的特点，娓娓道来，如数家珍，就像平时在讲量子化学课程一样认真严谨。他让我们尽量多尝尝不同的品种，喝醉了可以在他家住一晚上，第二天再乘火车回家。他还笑着说，到德国来一定要了解一点葡萄酒，否则就是他这个导师的失职。遗憾的是，我在品酒方面缺乏天分，在德国的两年里进步不大，有愧于他在这方面的教导。

尤格教授与国际上许多理论化学家都是好朋友，他的实验室经常有世界各地的教授和学者来访。除了欧美的一些大牌教授之外，他也很喜欢接待来自印度、日本、东欧、南美

作者摄于汉诺威大学主楼前，这里曾是汉诺威公国选帝侯奥古斯都的王宫　杨岚摄影

以及非洲的学者。有时候，实验室就像一个小联合国，充分体现文化的多元性。来自波兰克拉科夫大学的尼拉韦斯基教授，经常在办公室播放肖邦的波罗乃兹舞曲；来自巴西里约热内卢大学的德梅罗教授，则是一位不折不扣的足球迷，他选定1990年来德国访学，就是为了可以方便去意大利看世界杯决赛；来自日本东京女子大学的细谷功教授和夫人，来访之后和我们一起去南斯拉夫的布莱德参加国际计算化学大会，尤格教授开车带着我们自北向南直穿大半个德国，在不限速的高速公路上一路飙车，中间还顺路带我们去萨尔兹堡参观了卡拉扬故居。最让我高兴的是，在尤格教授实验室我还见到了美国加州大学伯克利分校的斯朱德韦舍教授（Andrew Streitwieser Jr.），他是《有机化学导论》一书的作者，我在大二学习有机化学这门课程时，一直用他的英文原著作为主要教学参考书，每天背着那本大部头去自习，每章每节的文字都细细读过好几遍，仿佛与作者神交已久。在陪同他去旅游登上哈茨山顶时，我告诉他书中的每一道习题我都做过了，斯朱德韦舍教授和尤格教授都会心地笑了，也许觉得眼前这个用功的中国学生孺子可教吧。1991年夏天，由孙家钟院士（吉林大学理论化学研究所所长）、江元生院士（南京大学理论化学研究所所长）、张乾二院士（中科院福建物质结构所所长）和鄢国森教授（四川大学校长）组成的中国理论化学家代表团应德国科学基金会邀请访问德国，专程到汉诺威大学尤格教授实验室参观交流，我在国内时就与几位老师熟识，

作者与尤格教授、斯朱德韦舍教授在哈茨山　杨岚摄影

能在遥远的异国他乡亲自接待往日尊敬的老师们，心中十分高兴。尤格教授热情地接待了中国代表团，在充分的学术交流之后，亲自在汉诺威市中心具有历史意义的莱布尼兹故居餐厅设宴招待大家，给客人们留下了深刻的印象。

由于我是来到尤格教授实验室的第一位中国学者，他也希望通过我多多了解中国的国情和博大精深的中华文化。一个周六的上午，我到实验室加班，正好遇到尤格教授也在那里，工作告一段落之后，他神秘兮兮地把我叫到他的办公室，从书柜的一个抽屉里，像变戏法似的拿出一本红色塑料皮的小书给我看，我惊讶地发现那竟然是一本德文版红宝书《毛主席语录》。他翻到其中的一页念了起来，仔细听来是毛主席的那段名言"没有文化的军队是愚蠢的军队，而愚蠢的军队是不能战胜敌人的"的德文翻译，念完之后他还评价道：毛主席的这段话说得非常对。原来，上世纪六十年代中后期，德国也曾掀起过一股红色浪潮，中国的"文化大革命"也对当时的德国年轻人产生了一定影响，尤格教授那时候在法兰克福读大学，目睹了那段奇特的历史。他对中国的干支生肖很有兴趣，从1990年的马年开始，他让我把随后十二年一轮的生肖都写下来以便记忆，在其后的三十年里，他每年新年给我写邮件时，都会正确说出新年的生肖动物名称。

中国食品是尤格教授的钟爱。他在美国做博士后以及后来在美国做教授时，在纽约中国城尝试过美味的中国菜，回到德国后就很难吃到正宗的中国菜看了。待我们在德国的小家安顿好了以后，我们邀请他和夫人来家中做客，顺便尝尝中国菜，他们欣然接受邀请。我们包了饺子，炸了春卷，还从汉堡中国城买到一瓶莲花白酒。就着春卷，他几乎一人喝掉了一瓶莲花白酒，连连夸莲花白味道醇美、风味独特，直到最后，他这位品酒老手发现自己居然被一瓶中国香酿给灌醉了，面子上还有点挂不住了。从此以后，每次他邀请我们去他家，就让我们带上一盘炸春卷做礼物。我家的大儿子在汉诺威出生，我们决定用尤格教授的名字给儿子取名卡尔，纪念在尤格教授实验室学习工作的这段岁月。尤格教授知道后非常高兴，连连感谢我们的这份情谊。他请夫人特意去给孩子买了一个精致的睡袋，婴儿睡在里面很暖和，不用担心踢被子。这个睡袋我们用了很多年，大儿子用过了二儿子用，直到娃娃们个子大了钻不进去为止。离开德国之前，我们带着儿子来向尤格教授和同事们告别，他也抢着要抱抱小婴儿。相比于日耳曼小孩子的浓眉大眼，我家儿子的眼睛是那种细长型的，尤格教授就问孩子是不是要睡觉了，我只好开玩笑地告诉他，孩子刚刚睡过觉，他就是天生的眯缝眼。

2007年正逢尤格教授六十五岁生日，也是他从汉诺威大学退休的时刻。他的一百多位学生和朋友，从世界各地赶来参加他的退休典礼，德国化学会还专门为他举行了一次学术研讨会。我也特地从美国费城飞越大西洋，前去参加这次师兄弟们欢乐的聚会，借机向大家汇报离开尤格教授实验室之后我的研究工作和进展。听着久违了的德英混合语言，品尝着尤格教授珍藏的葡萄美酒，望着尤格教授略略驼下的背，我的心中充满感激，感恩两年的洪堡岁月，感谢尤格教授的教诲和情谊，这段岁月和这份情谊，是我一生中最珍贵的宝藏之一。

博学的皮卡教授

　　化学元素周期表的第64号元素被命名为钆（Gd），是为了纪念发现稀土元素的芬兰化学家加多林（Johan Gadolin）。芬兰赫尔辛基大学化学系从1908年开始专门设立了一个瑞典语化学教授席位，也是为了纪念这位芬兰有史以来最伟大的化学家。我在赫尔辛基大学学习的导师皮卡·佩寇（Pekka Pyykkö）教授，从1984至2009年长达四分之一世纪的岁月里，就一直荣享这一教席。他是相对论量子化学的创始人，对化学理论做出了许多重要贡献，担任过国际量子与分子科学院院长，曾获得世界理论与计算化学家联合会（WATOC）的最高奖——薛定谔奖，2011年他七十岁生日时，国际学术期刊《理论化学学报》还专门为他出了一期特刊。学生们一直开玩笑说，皮卡教授也许是继加多林之后芬兰在国际上最出名的化学家了。

　　皮卡教授大学本科和研究生学的是原子物理，在取得物理学博士之后的若干年中，他游学瑞典、丹麦、法国等多所大学研究机构，认识到相对论效应对化学现象可能产生重要影响，为此建立了相对论量子化学计算方法，对化学中的相对论效应进行了深入研究，比如，金子为什么是黄色的？汞为什么是液体？铅电池为什么可以作为电动车的能源？这些现象的背后，都是因为重原子的相对论效应。他仔细研究各种奇特的碳氮氧磷硫原子组合形成的简单稳定有机分子，预测了宇宙中可能存在的许多小分子化合物，为后来的合成实验所证实，这些结果甚至改写了化学教科书的内容。他还研究了化学周期表的终极形式，提出了172号元素是周期表的最后一个可能的元素，这种周期表被学界称为佩寇周期表。他很善于向大众介绍这些科学知识，美国《纽约时报》、法国《费加罗报》和斯堪的纳维亚的一些报纸，都先后登载过对他的采访和对这些科研成果的报道。

走进皮卡教授的办公室，最引人注目的就是那一排排文献柜，他将近几十年来相关领域的科学文献复印标记归档，装了满满几十柜。当学生与他讨论研究中遇到的问题时，他总能走到文献柜前，精确地抽出一篇有关文献，告诉你答案就在这里，让你惊叹他头脑中的记忆精确如计算机硬盘。他很乐于让学生分享他的文献，唯一的要求就是查阅后一定要准确归还原位，否则他会很不高兴。为了深入理解相对论量子化学的原理，我将他著作中的公式重新推导了一遍，中间遇到困难时，他在长长的公式中，一眼就能看出错误的地方，令人深深折服。他的案头一直放着鲍林的那本《化学键的本质》，这是他深爱的一部化学经典著作，他曾表示，有生之年要写一部新的化学键方面的著作，阐述鲍林之后人们对化学键本质的新认识和新成就。

皮卡教授　照片由皮卡·佩寇教授提供

九十年代初期，皮卡教授开始关注一类特殊的金-金原子间相互作用，他和德国慕尼黑工业大学的施密德鲍尔（Hubert Schmidbauer）教授为此还创立了亲金作用（aurophilicity）这个新词。凭借着出色的物理直觉，皮卡教授提出亲金作用的本质是一种相对论效应增强的色散力，并用相对论量子化学计算证明了这一设想，可是，计算的作用强度与实验值仍有很大偏差，这成为困扰他们的一个难点。当我于1992年新年之后来到他的实验室时，他把这一难题抛给了我。在仔细研究了他们的计算方法和阅读了大量的文献之后，我发现皮卡教授先前采用的计算方法忽略了基组叠加校正，我决定采用虚原子方法将这一校正考虑进去重新计算，得到了与实验数据完美吻合的计算结果。经过一个月奋战，当我将那条漂亮的势能曲线摆在皮卡教授面前时，他盯着我足足看了有一分钟，脸上终于露出了孩童般欢快的笑容。这个问题的解决，为后续该领域的研究奠定了坚实的方法学基础，也让他对我的研究素质有了充分的了解。

　　加入皮卡实验室之前，虽然我已经用英文发表了多篇学术论文，但是皮卡教授认为我的英文论文写作还没有过关。他教导我：科学论文是写出来的，语言一定要精炼，用词一定要精确，切忌用谈话式的语言来写论文；尽量不要长篇大论，一篇论文讲好一个故事，言简意赅是最高的境界。为了让我深刻体会这些要领，我们合作的前两篇论文，他不让我坐在计算机前面打字，而是用铅笔一字一句地在稿纸上写出论文的每一个句子。黄昏时刻，我们师生俩坐在一张圆桌旁，面前铺着厚厚一摞稿纸，为了一个单词的使用，擦擦改改，反复推敲，直到两人都露出满意的微笑，此情此景，不禁让我想起韩愈、贾岛"僧敲月下门"的那种美好境界。皮卡教授语汇丰富优雅，用词洗练精确。我们合作的第二篇论文，是《理论化学学报》为了庆祝瑞典著名的美女量子化学家和药理学家英嘉·费舍－西尔默斯教授（Inga Fischer-Hjalmers）七十五岁生日的特刊约稿，在这篇文章脚注的题献辞中，皮卡教授写下了这样一句话：献给英嘉·费舍－西尔默斯，她的机智和魅力使得量子化学处于一个更好的位置（Dedicated to Inga Fischer-Hjalmers whose wit and charm made quantum chemistry a better place）。这句双关语，让费舍－西尔默斯教授非常感动，她特意写信来向我们表示感谢。在皮卡教授的亲自指导下，我用一年时间在他的实验室里发表了六篇论文，多年之后他告诉我，我是他最高产的学生之一。

由于我的办公室就在皮卡教授办公室的隔壁，皮卡教授经常过来找我聊天。下午茶时刻，他常常端上一杯咖啡，拿上几块饼干，一屁股坐在我的办公桌上，开始神聊。我们聊读过的论文和书籍，聊去过的国家和地区，更多的时候是他给我讲学界的八卦趣闻、芬兰的风土人情。他发现我那时对财务管理一点概念也没有，就自告奋勇给我普及了很多西方理财的基本理念和知识。那年的暑假我们全家要做一次环斯堪的纳维亚游，他亲自帮我们规划路线，着重指出我们必看必游的地方和景点。有一次，他指着墙上的芬兰地图问我，芬兰的国土形状像什么？我端详了一会地图，告诉他像一位举起右手的美丽女神。他高兴地回答说：太对了！不过你不觉得这位女神左下角的裙子被割去了一块吗？原来，皮卡教授的先辈来自芬兰卡雷利阿（Karelia）地区，正是那块裙角，二战之后划归苏联，成为其中的一个加盟共和国。此时此刻，我看到皮卡教授的眼中闪过一丝难以察觉的光芒。

学术界的很多人都知道皮卡教授是一位语言天才，他掌握了近十种语言。虽然他的母语是芬兰语，他却在赫尔辛基大学化学系的瑞典语部，用瑞典语教学。他高中念的是拉丁语学校，因此熟练掌握拉丁语，他可以直接用英文、法文、德文发表科学论文。德国的《应用化学》杂志同时出版德文和英文两个版本，他给该杂志投稿时往往同时发去两种文字的文稿，等到文章刊出时，还能收到编辑部寄来的几十马克，这是编辑部省出的翻译费，刚好供论文作者几个人吃一顿午餐。另外，他还可以听说西班牙语、意大利语、葡萄牙语和俄语。我在他实验室学习的一年里，他决定学习中文，他随身带着一本芬中小词典，每天上下班乘车的时候学习方块字。他对汉字构成词语的逻辑深深着迷，比如把表示方向的东和西两个字放在一起组成东西这个词，他认为非常有逻辑。在短短一年的时间里他学会了四百多个汉字，后来他去日本讲学，很多汉字都能够认识，让日本教授们十分惊讶。在我们离开芬兰之前的告别晚餐上，他对我讲英语，对我妻子讲德

作者在赫尔辛基大学图书馆前　杨岚摄影

语，和同事们讲芬兰语，随时剪切穿插，没有一点违和感，令人叹为观止。

皮卡教授讲话风趣幽默，是一位天生的段子手，因此一些学术会议的晚宴演讲，常常请他操刀。从1984年开始，他在芬兰举办理论化学冬季学校，邀请世界各地的著名学者和青年学生来到芬兰这座冰雪之乡，在白雪皑皑的世界里专题研讨理论化学一个星期。在1992年冬季学校的晚宴上，他给来宾们讲了一个他亲身经历的段子：八十年代中期他应邀到莫斯科大学讲学，介绍他在新型小分子预测方面的工作，他当时正在研究由碳原子C和磷原子P组成的各种分子体系，比如CPC、CPP、CCP、CPCC和CCCP等等这样的小分子，最后得出的结论是CCCP不稳定，会解离成更小的碎片或单质。当他在学术报告结尾给出这一结论时，全场鸦雀无声，仿佛死寂了一般。第二天在他离开莫斯科机场时，机场海关如临大敌，将他扣留搜查了很长时间，最终才将他放行。直到上了飞机，他才反应过来他闯了大祸，原来CCCP是苏维埃社会主义共和国联盟的俄文缩写（Союз Советских Социалистических Республик），那时候跑到莫斯科去宣称苏联不稳定要解离，真是吃了豹子胆犯了天条，难怪克格勃要对他大加搜查。他最后和大家开玩笑说：量子化学计算正确预言了苏联的解体。

皮卡教授于2009年11月正式从赫尔辛基大学退休，感谢他在退休学术报告会的报告中，特意提到我的名字和工作。追随先辈加多林教授，退休后他将研究的方向放到化学元素周期表上，采用相对论量子化学的方法，对周期表可能的化学元素进行了严格计算，提出了一个全新的周期表——佩寇周期表。他时不时还以单一作者在学术期刊发表论文和综述，总结有关研究领域的最新进展，这些论文充满了智慧的光芒。每年的新年前，我也总可以收到他的电子邮件，用他典型的幽默口气写道：生活和工作的曲线仍在第一象限向着东北方向延伸。每当此时，我的脑海里总是浮现出他那硕大的头颅，列宁式的小胡子，和蔼但带着一点俏皮的微笑，心中遥祝他儿孙绕膝，健康长寿。

倚马仗剑走天涯

　　每年的12月中旬，我总可以收到寄自加拿大卡尔加里的一封邮件，打开信封，里面是一张圣诞卡和一封打印的信件。圣诞卡上那像蝌蚪一样歪歪斜斜的笔迹，潦草难辩，仔细读来就是祝福节日快乐，并问候卡尔和加里两位小朋友，不用看落款，我就能猜到这一定是卡尔加里大学汤姆·齐格勒教授（Tom Ziegler）寄来的。打印的信件则是实验室的年度简报，报告着这一年毕业的学生、发表的论文以及获得的奖项等等好消息，并配上一年一幅的实验室全家福照片，照片的角上站着的那位大块头男士就是齐格勒教授，学生们都叫他汤姆。

　　第一次见到汤姆，是在意大利南部的一次理论化学讲习班上。与其他衣冠楚楚温文尔雅的欧美教授相比，汤姆的外形太不像一位大牌教授了。他拖着一条花白的马尾巴辫子，蓄着一口杂乱的络腮胡子，穿着一件红色旧毛背心，一只眼睛有点斜视，看人时总有一种凶巴巴的感觉，活脱脱一个如假包换的北欧维京海盗形象。然而，当他走上讲坛作学术报告时，就像完全换了一个人，他声音洪亮，妙语连珠，幻灯片做得美轮美奂，报告内容更是逻辑严谨，丝丝入扣，引人入胜。那时候，他刚刚在《化学评论》杂志上发表了那篇关

汤姆教授　照片由汤姆·齐格勒教授提供

于密度泛函理论的长篇综述文章，在学术界引起了广泛的重视。因此，当1993年我获得加拿大自然科学与工程基金会（NSERC）的一笔资助，可以自由选择任何一个加拿大实验室从事研究工作的时候，便毫不犹豫地选择了卡尔加里大学汤姆的实验室。

汤姆出生在丹麦首都哥本哈根，本科和硕士研究生阶段在哥本哈根大学跟随理论无机化学大师巴尔豪森（Carl Ballhausen）教授研究配位场理论，上世纪七十年代初期，他飘洋过海来到创立不久的卡尔加里大学，在劳克（Arvi Rauk）教授指导下攻读博士学位，研究量子化学。那个年代的量子化学，虽然分子轨道理论框架已经完成，但在实际应用上却面临很大的局限：精确的计算方法叫做从头计算方法，非常复杂，只能计算由几个原子组成的简单分子体系，而近似的计算方法通常称为半经验计算方法，可以计算实际的分子体系，但是方法太粗糙，不能得到定量的结果。在这种困境下，有一些化学家另辟蹊径，向固体物理学家学习，把计算固体材料时发展的一种交换能参数化方法引入到化学计算中来，这就是后来大红大紫的密度泛函理论（DFT）的早期版本，汤姆也是早期研究这种计算方法的先驱者之一。八十年代初期，汤姆来到加拿大东岸的麦克马斯特大学做博士后，在这里他幸运地遇到了物理系研究生阿里克西·贝克（Alex Becke），贝克那时刚刚发表了一个交换能的密度泛函公式，汤姆将这个公式实际应用到他的计算程序之中，计算结果有了很大的改进，可以用较少的计算量就得到精确的从头计算方法得到的结果。接下来，汤姆用这种改进的密度泛函方法计算了许多实际分子体系和化学反应，然而，主流的量子化学家们却对这种方法抱持着怀疑和批评的态度，他只能得到很少的科研经费支持，投出去的文章也常常遭遇退稿的命运，审稿人认为这些计算结果好到难以置信，甚至在审稿意见中暗指汤姆编造数据。在那些日子里，汤姆常常带着录有计算机代码的磁盘到处寻找计算资源，就像一位倚马仗剑的独行侠客，背负屠龙宝剑，在崎岖的山路上不畏险阻，冲破重围。宝剑总有显威的时候，随着越来越多同行研究工作的开展，密度泛函方法逐渐得到了化学家们的重视，特别是计算化学大师波普尔爵士（John Pople）将这种方法引入到广泛使用的高斯量子化学计算程序包之后，整个化学界突然发现密度泛函计算方法是如此的有用，研究论文如井喷一样发表。1998年，诺贝尔化学奖更是颁发给了物理学家科恩教授（Walter Kohn）和计算化学家波普尔爵士，表彰他们两人在密度泛函理论和计算应用方面的奠基和开创性工作，科学界甚至认为，这个诺贝尔奖宣告了化学已经不再是一门纯实验科学，化学的两大支柱是实验和理论计算。

随着密度泛函理论计算方法在化学中的广泛应用，汤姆早期对发展这一理论计算方法的贡献和艰辛也逐渐得到了学术界的认可，他先后获得了加拿大化学会的阿尔康奖，世界理论与计算化学家联合会的最高奖薛定谔奖，德国洪堡基金会的洪堡奖等等，他的论文也被广泛引用，成为加拿大第二高引的化学家。难能可贵的是，汤姆并没有从此躺在功劳簿上睡大觉，他和学生们一起，又将密度泛函的理论方法推广到计算分子的光谱性质、动力学特征、量子力学/分子力学多尺度方法等，极大地扩展了密度泛函理论的应用领域，每一项工作，都令同行们赞叹不已。他还采用密度泛函理论计算方法来进行石油裂解和高分子合成催化剂的设计工作，欧洲和加拿大的石油公司和塑料生产企业纷纷拨款来支持他的这些研究工作。上世纪五十年代，德国化学家齐格勒（Karl Ziegler）和意大利化学家纳塔（Giulio Natta）发明了用于烯烃聚合的催化剂，即齐格勒－纳塔催化剂，开创了聚合物也就是塑料大规模生产的时代，他们两人也因此获得了1963年的诺贝尔化学奖。我们和汤姆开玩笑，因为他姓齐格勒，他应该去意大利招一位姓纳塔的学生，他们可以一起发表论文，又是一个齐格勒－纳塔组合，岂不是学界的一件美谈。

我于1993年1月开始在汤姆的实验室工作，由于我有自己自带的科研经费，他给了我很大的自由度，让我自行决定研究的课题。我当时选择的课题是利用在赫尔辛基大学皮卡·佩寇教授那里学习到的相对论量子化学知识，来研究相对论密度泛函理论及其在金属有机化合物中的应用。我们开发出相应的理论方法和计算程序，对许多化合物进行了实际计算，发现由于相对论收缩，自第一系列到第三系列的金属元素与配体结合能会呈现出一个V型曲线趋势，并对这种V

作者与儿子在卡尔加里大学拱门前　杨岚摄影

型趋势给出了合理的理论解释。汤姆看到这些Ｖ型曲线时，高兴地说这应该叫黎－齐格勒Ｖ型曲线。我们还研究了相对论效应对经典和非经典金属氢化物分子构型的影响，发现相对论效应导致了这两种分子构型的转变，我将这一工作写成论文投稿给《美国化学会志》，这个杂志是化学界的顶级期刊，大部分投稿都惨遭退稿或被要求大卸八块地修改后方可发表。令人吃惊的是，我们这篇文章投稿后不久，就收到了编辑部"接受并依照原稿发表，不必修改"的通知，汤姆睁大眼睛把编辑部来信反复看了好几遍，这是他以往学术生涯中从未发生过的事情，他抑制不住满心的欣喜，将编辑部来信钉在系里的布告栏上，让大家围观了好几天。在他的支持和指导下，我在他实验室工作的一年半中，发表了八篇学术论文，包括两篇第一作者的《美国化学会志》论文，也算是一个相当不错的战绩了。

汤姆工作非常刻苦，因此对学生要求也很严格。那个时候笔记本电脑还不流行，他每次去度假，就拎上一台麦金塔一体机，家里人在海边晒太阳时，他就躲在旅馆房间里写论文。为了督促学生们多提交计算作业，他写了一个电脑脚本，自动统计学生们使用计算资源的工作量，他后来告诉我，那段时间我是提交计算作业最多的一员。参加学术会议时，当有人得知我来自汤姆实验室，总是会问起我感受如何，我就会告诉他们，汤姆虽然严厉，但却是一位好导师。天气好的时候，他会请学生去他家做客，虽然食谱不是很丰盛，大家在一起喝喝丹麦啤酒，其乐融融。有时从度假地，他会给学生寄一张明信片，写上一两句快乐的话语，让我们钉在办公室的门上显摆一番。汤姆是一位丹麦足球迷，1992年丹麦足球队取得了欧洲杯冠军，让他高兴了好一阵子，随后1994年的世界杯预选赛，有几次丹麦队的比赛，我溜到学生中心去看实况转播，发现他也坐在那里，为丹麦队的输球痛彻心扉。卡尔加里地处加拿大中部的寒冷之地，因盛产石油和冰雪运动而闻名，我们常常开玩笑说那里就是地角天涯了。汤姆却非常喜欢卡尔加里这座城市，在他成名之后欧美其他著名大学来挖角，他都不为所动。我家大儿子在德国出生，取名卡尔，小儿子在卡尔加里出生，因此取名加里，兄弟俩的名字合在一起正好是卡尔加里，汤姆知道这个取名后特别高兴，他说他永远也不会忘记我家儿子的名字了，这也是为什么每年给我寄圣诞卡时，他都忘不了问候小哥俩的原因。

离开汤姆实验室之后，我们时常在一些学术会议上相遇，师生俩坐在一起吃一顿饭，聊聊别后的岁月和工作，也是一种幸福和温暖。不幸的是，2015年3月末的一天早晨，当我打开电脑邮箱时，看到师弟的一份邮件，告知汤姆已于几天前在德国波恩大学讲学时，因心脏病突发在旅馆房间里去世了，享年六十九岁。得知这个消息，我的心中十分难过，从此之后，圣诞节前我再也收不到他那写得歪歪斜斜的圣诞卡，学术期刊上再也读不到他精彩的学术论文了。为了纪念汤姆，加拿大化学会于2016年开始设立汤姆·齐格勒奖，以奖励加拿大在理论和计算化学领域做出杰出成就的青年教授和学者。
汤姆的学术精神，将激励着一代又一代的年轻学者，去探知
未知世界的理论和规律。

碧海蓝天好读书

　　美国加州圣迭戈市北边小城拉荷亚，是全美生物医学研究的重镇，这里汇聚了一大批跨国药企研发中心和生物技术创业公司，另外还有加州大学圣迭戈分校、索尔克生物研究所和斯克里普斯研究所（The Scripps Research Institute）三家著名的研究机构，号称生物医学研究的金三角。早年间，斯克里普斯研究所的名气似乎没有前面两家那么大，但近年来，斯克里普斯研究所的学术声誉迅速攀升，2017年在《自然》指数的创新指数排行榜上更是名列全球第一，实现了宇宙小爆炸。其实说起来，与成立于上世纪六十年代的加大圣迭戈分校和索尔克研究所相比，斯克里普斯研究所还是老大哥呢，它的前世今生可以追溯到上世纪的1924年。

　　斯克里普斯研究所的命名，是为了纪念研究所的捐赠人爱伦·勃朗宁·斯克里普斯小姐（Ellen Browning Scripps）。爱伦1836年出生于英国伦敦，八岁时随父亲移居美国，从伊利诺伊州的诺克斯学院毕业后，曾经当过一段时间公立学校的老师，后来，她和弟弟一起在中西部成功创办和经营了一系列报纸，如底特律的《新闻晚报》、克里夫兰的《信报》等，成为当地的报业大王，并积攒了大笔财富。1896年爱伦退休

爱伦·勃朗宁·斯克里普斯小姐　©圣迭
戈历史学会

定居拉荷亚，此后的三十五年里，她作为慈善家，为圣迭戈
地区的许多医院、学校、公园、社团等捐赠了大笔的善款，
这就是为什么在圣迭戈和南加州，经常可以看到斯克里普斯
这个名字。1921年，加拿大学者班廷（Frederick Banting）和
麦克劳德（John Macleod）发现了胰岛素并应用到临床当中，
使得大量的糖尿病患者得到治疗，他们于1923年获得诺贝尔
医学奖。受到胰岛素发现的启发，爱伦于1924年捐资成立了
斯克里普斯代谢诊所，作为先前成立的斯克里普斯纪念医院
的一部分，代谢诊所专门从事糖尿病和其他代谢疾病的研究、
诊断和治疗。1932年，终身未婚的斯克里普斯小姐在拉荷亚

去世，享年九十五岁，她在遗嘱中给诊所留下三十万美金用来支持研究工作。1946年，代谢诊所从斯克里普斯纪念医院中分离出来，并于1956年更名为斯克里普斯诊所和研究基金会。

1959年，著名生物化学家贝尔德·黑斯廷斯（A. Baird Hastings）在担任哈佛大学生物化学系主任二十八年退休之后，加入斯克里普斯诊所和研究基金会。黑斯廷斯在血液酸碱稳态研究领域享誉全球，曾经担任过美国国家科学院院长，获得过美国总统勋章，他的到来，为斯克里普斯诊所和研究基金会带来了一定的学术声誉和影响。随后，免疫学家弗兰克·狄克逊（Frank J. Dixon）和他在匹兹堡大学的四位年轻同事一起加盟诊所和研究基金会，组建实验病理学系。这里自由的研究氛围和环境，吸引了不少出色的科学家，从此逐渐开始形成生物医学的研究簇群。狄克逊本人也是一位杰出的免疫学家，在蛋白质同位素示踪技术以及器官免疫损伤方面做出了许多开创性工作和卓越贡献，曾获得有诺贝尔奖风向标之称的拉斯克奖。1970年，狄克逊开始担任研究负责人，在他的领导下，斯克里普斯诊所和研究基金会逐渐摸索出一条临床研究与基础研究相结合、医学与生物学多学科交叉的发展道路，并沿着这条大道坚实地向前迈进。

1986年，理查德·勒纳（Richard Lerner）接替退休的狄克逊，担任斯克里普斯诊所和研究基金会的研究负责人，并于1993年将诊所和研究基金会更名为今天大家熟悉的名称——

斯克里普斯研究所，成为一个独立的非营利研究机构。勒纳于1965年从斯坦福大学获得医学博士学位后就来到斯克里普斯诊所和研究基金会，从研究员做起，一步步攀登学术台阶，直至升任分子生物学系主任。他是一位杰出的免疫化学家，开创了催化抗体和组合化学等研究领域，曾获得1996年的沃尔夫化学奖，也是历年诺贝尔奖的有力竞争者。勒纳非常善于为研究所募集研究经费和招募杰出的研究人员，在他执掌研究所不久，就将规模扩大了三倍，并从其他学术机构挖来一批冉冉升起的学术新星，如有机化学家尼古劳斯（K. C. Nicolaou）、夏普勒斯（K. Barry Sharpless）、博格（Dale Bolger）和翁启惠（C.–H. Wong）等，创建了化学系，并使化学系迅速成为全美有机化学和化学生物学研究的执牛耳者。1989年，研究所开始招收博士研究生，用早餐甜麦圈大王克鲁格夫妇的捐款建立了克鲁格研究生院（Kellogg School of Science and Technology），在细胞生物学、分子生物学、结构生物学和化学领域培养顶级研究人才。1996年，拥有美国西部和中西部大型连锁零售商店的斯卡格斯家族，向研究所捐赠一亿美金，建立了斯卡格斯化学生物学研究所（The Skaggs Institute for Chemical Biology），成为研究所内的一个交叉研究部门。2003年，研究所在风景如画、富人密集的佛罗里达棕榈滩海滨，建立了佛罗里达分所，主要从事新药发现的生物技术研究。在勒纳的领导下，斯克里普斯研究所成为全球最大的私立研究机构，是生物医药研究领域许多科学家心仪的学术殿堂。

2012年，斯克里普斯研究所从加州大学伯克利分校聘来分子生物学家迈克尔·马列塔（Micheal Marletta），接替执掌研究所二十六年之后光荣退休的勒纳。要在辉煌的勒纳之后驾驶这艘研发航空母舰确实不是一件容易的事情，马列塔面临着联邦对生物医药研究资助萎缩和私人捐赠减少等挑战，于是在上任后不久，就自作主张开始与南加州大学谈判，准备将斯克里普斯研究所并入学术声誉远不如自己的南加大，研究员们在获知这个败家子消息后，发起了广泛的抗争活动，最后迫使马列塔辞职，灰溜溜地回到伯克利，这就是当年在拉荷亚闹得纷纷扬扬的"驱马运动"。随后接任的彼得·舒尔茨（Peter Schultz）是化学生物学的创始人，他和勒纳共同获得1996年的沃尔夫奖，虽然也来自加州大学伯克利分校，但是他自1999年跳槽到斯克里普斯研究所之后，对研究所有深入的了解，也与研究所有着相同的基因。今天，在舒尔茨的领导下，研究所正沿着既定的航线，向生物医药研发特别是转化医学的蓝海深处航行。

　　近百年来，斯克里普斯研究所数易其名，从最早的斯克里普斯代谢诊所，到斯克里普斯诊所和研究基金会，再到斯克里普斯诊所研究院，直至今天举世闻名的斯克里普斯研究所。与斯克里普斯纪念医院的关系也是分分合合，最终才确立了独立的非营利研究机构身份。研究所的标记，从早期的白色四方块，改成天蓝色的S型，再到今天的金色双螺环。研究所负责人的头衔，也从研究主任到所长，到主席，演变到

作者与彼得·舒尔茨所长　熊剑摄影

今天的首席执行官。研究所创立的前五十年，园区一直位于拉荷亚市中心，1980年后搬到今天的位置，沿着拉荷亚郊外北托雷松大道的西侧，一片白色的楼群在南加州灿烂的阳光下熠熠发亮。走进分子生物学楼的大门，正对面玻璃柜里一排超级计算机正在闪着灯繁忙地运算，对面一个巨大的1968香港流感病毒的分子球棒模型，让你可以一窥生物分子世界的奥秘。走进贝克曼化学大楼，宽阔高大的室内中庭和廊桥上摆着许多小桌子，方便科学家们随时拉上一位伙伴坐下来讨论问题；西面的一排实验室，窗外是绿草如茵的高尔夫球场，远处是碧波万顷的太平洋，这大概是全世界风景最佳的实验室了。

落日时分，坐在图书馆的长椅上，阅读科学杂志之余，抬眼眺望太平洋上漫天红霞，总让人心旷神怡。园区离德尔玛海边冲浪区只有几分钟的车程，所以在研究所的实验室和办公室里，常常可以看到冲浪板。当在寒冷的波士顿的学子们冻手冻脚捧着一杯热咖啡躲在被窝里苦读的时候，拉荷亚的弄潮儿却可以在做实验累了的时候溜出去冲一会浪，在碧海蓝天之间放飞一下思绪，然后撸着湿淋淋的头发回到实验室继续工作。这里的实验室几乎二十四小时全天候开放，哪怕是半夜三更来到实验楼，也是灯火通明、人影憧憧。

回首斯克里普斯研究所能够在较短的时间内脱颖而出、建立起学术声誉的道路，有很多经验值得学习和借鉴。研究所自创立的初期，就十分强调医学与其他学科的交叉研究，并一直保持这一传统，十分强调创新型研究，许多生物医药研发的新领域新技术，比如化学生物学、化学生理学、抗体库筛选技术、DNA编码化合物库、点击化学等等，都发轫于此。另外，研究所从多重角度重视人才的招募和培养，功成名就的科学家，可以在退休后来这里继续发挥余热，比如诺贝尔奖得主、蛋白质结构核磁共振测定方法创始人伍特里希（Kurt Wuthrich），就是在六十五岁从苏黎世高等工业学校退休后来到这里工作的。中生代的学术带头人，则从世界各地的研发机构用优惠条件吸引过来。研究所自己培养的天才型学生，在他们毕业后创造条件让他们迅速成长为学术新星，例如有机化学家菲尔·巴然（Phil S. Baran），二十四岁在研究所获得博士学位后再到哈佛大学进行博士后研究，三十一岁就晋升为研究所正教授，已经成长为新生代的有机化学大师。目前，全研究所的二百多名独立研究员中，有二十一名美国国家科学院、工程院或医学院院士，四位诺贝尔奖得主。最让斯克里普斯研究所感到郁闷的是：2011年9月，免疫学家布鲁斯·博依特勒（Bruce Beutler）宣布离开工作了十年的研究所迁往德州大学西南医学中心，10月份就获得了当年的诺贝尔医学奖，研究所眼睁睁地将一位诺贝尔奖得主拱手送人。说起来布鲁斯·博依特勒还是一位不折不扣的学二代，他的父亲恩斯特·博依特勒（Ernest Beutler）在斯克里普斯研究所工作了三十年，是著名的血液学家、分子与实验医学系主任，父子两人同在一家研究所工作，同是著名学者，还一起联名发表研究论文，也是学界的一桩美谈。

斯克里普斯研究所的研究人员，十分重视研究成果的转化和与工业界的互动。2006年，全世界最大的药企辉瑞公司就曾注资1亿美元支持研究所在糖尿病和肿瘤领域的新治疗方法研究，条件是企业有权优先对研究所发现的药物靶点进行转化研究。围绕着研究所拉荷亚园区的周边，世界著名大药厂强生公司、诺华公司、辉瑞公司、礼来公司先后在这里建起研发中心，就是为了与研究所有紧密的互动。这里还富集了二百多家新创生物技术公司，使得圣迭戈地区，成为与波士顿和旧金山齐名的美国三大生物技术研发聚集地。在这些公司中，有八十余家是研究所的教授们利用取得的研究成果创办的，这些公司有的将新药产品最终推向了市场，有的为跨国大药企所收购，有的成功登陆资本市场，比如由研究所教授联合创办的以高通量晶体学技术作为新药研发平台的西瑞可斯（Syrrx）公司，创办六年之后就被日本武田制药公司以2.7亿美金高价收购。据不完全统计，在过去的二十年里，先后有九款获批上市药品，出自斯克里普斯研究所的实验室或与研究所的科研工作密切相关，例如2012年经美国食药局批准上市的治疗婴儿呼吸窘迫综合症的芦西纳坦（Lucinactant），就是免疫学家科克伦（Charles Cochrane）实验室二十年研究的成果，这一药品拯救了成千上万早产儿的生命。2002年批准上市的休美乐（Humira）已经成为治疗类风湿关节炎、牛皮癣等自身免疫疾病的药王，2019年全球销售额高达200亿美金。这个药品的发现，也得益于勒纳实验室发明的组合抗体库筛选技术。这些上市产品支付的销售提成和公司上市并购的收成，为研究所带来不菲的技术转让收入，也让一部分研究人员获得可观的财务收益，成为知识时代的资本新贵。

作为一家私营的研发机构，除了利用新颖的研究课题和出色的研究成果获取国立卫生研究院等科研基金的支持之外，向社会和私人募集捐款支持科研工作，也是一项重要任务。笔者上世纪九十年代中期在斯克里普斯研究所学习期间，就参加过一次研究所的募款早餐会。拉荷亚地区居住着很多有钱的退休老人，研究所在学术报告厅里安排了丰盛的自助早餐和香喷喷的咖啡，请白发族们前来享用，同时安排有机合成大师尼古劳斯来做一场天然产物合成的科普报告，他从圣经旧约的《出埃及记》中耶和华对摩西的晓谕讲起，讲到埃及的河水变红与红潮素的关系，再到红潮素分子的合成，以及抗癌药紫杉醇的合成，丝丝入扣，引人入胜，把科普做到了这些银发族的心坎里。据说那场早餐会之后，研究所收到不少的捐款。还有一次，研究所的停车场突然停着几辆闪光锃亮的古董老爷车，原来是一位富孀将过世丈夫生前收集的古董老爷车捐给了研究所拍卖，这些老爷车每辆都值上百万美元，为此也给研究所募集了一笔不小的款项。由于这些捐款，捐赠人可以获得研究所的教授头衔或实验室的冠名权，因此，研究所实验大楼的很多实验室门口，都挂有一块小牌子，铭

作者在斯克里普斯研究所　杨岚摄影

刻着捐赠者的尊姓大名。

在斯克里普斯研究所两千余名科研人员的队伍中，活跃着众多华人科学家的身影。其中，翁启惠于1986年来到研究所工作，他在生物有机化学特别是糖化学领域做出了许多出色的工作，2014年获得沃尔夫化学奖，期间还担任台湾中研院院长，为台湾的生物科技产业发展奠定了基础。余金权于2007年加入化学系，在有机化学合成方法特别是碳氢键活化领域做出了一批开创性工作，2016年获麦克阿瑟天才奖，他与菲尔·巴然被称为斯克里普斯研究所化学的双子星座。近年来，研究所的许多教授也在中国开设实验室，比如夏普勒斯就在中科院上海有机化学研究所设有联合实验室，勒纳也在新成立的上海科技大学建立了免疫化学实验室。值得一提的是，十几年来，我们公司先后邀请了夏普勒斯、尼古劳斯、舒尔茨、博格、翁启惠、巴然、余金权等十几位斯克里普斯研究所教授登上"药明康德科学讲座"的讲坛，为年轻的中国新药研发人员带来精彩的学术分享。2017年，药明康德创始人和董事长李革博士担任斯克里普斯研究所董事会成员，为研究所的发展出谋划策。中国的多家高等院校，如北京大学深圳研究生院和中科院上海药物所，都立志对标斯克里普斯研究所，将自身建设成世界一流大学和研究院。我们期待着在太平洋的西岸，也能诞生像斯克里普斯研究所这样的世界一流生物医学研究航空母舰，为探索人类生命的奥秘和疾病的治疗贡献一份力量。

珍珠城里的珍珠

拉荷亚（La Jolla）在西班牙语里是珍珠的意思，它是美国加州圣迭戈市北边一座濒临太平洋的小城，那里碧海蓝天，沙滩如金，棕榈摇曳。沿着坡峦起伏的海岸边，散布着多家大学、研究机构和高科技公司，长长的北托雷松大道，就像一条链子把这些珍珠串在一起，成为一条美丽的项链。在这条项链中最大最美的一颗珍珠，当属世界著名的生物学研究机构——索尔克生物研究所（Salk Institute for Biological Studies）。

一说到索尔克生物研究所，就不能不提到研究所的创始人，二十世纪的医学英雄乔纳斯·索尔克（Jonas Salk）博士。

乔纳斯·索尔克1914年出生在纽约一个俄罗斯裔犹太移民家庭，父母没有受过正规教育，但他从小就聪颖好学，十三岁入读专收天才学生的纽约汤森·哈里斯高中，二十岁便从纽约城市学院大学毕业，进入纽约大学医学院攻读医学。取得医学博士并在纽约西奈山医院做完住院实习医生之后，他并不打算做一名普通医生，一位一位地去治疗病人，而是立志从事医学研究，从更广泛的层面医治人类的疾病。他先是在密歇根大学跟随托马斯·弗朗西斯（Thomas Francis）教授研究流感疫苗，随后在匹兹堡大学建立了自己独立的实验

乔纳斯·索尔克博士　©Yousuf Karsh 摄影

室，专攻脊髓灰质炎疫苗的研究。

十九世纪末至二十世纪的上半叶，脊髓灰质炎，俗称小儿麻痹症，是严重影响人类健康特别是少年儿童健康的重大疾病。该病由脊髓灰质病毒感染引起，一些患者会发生肌力变弱而导致行动不便，留下腿脚畸形瘫痪后遗症，更有严重者呼吸肌受到影响，只能用一种称为铁肺的人工呼吸机帮助呼吸，直至死亡。那个时候，家长们对小儿麻痹症谈虎色变，仅1952年一年，全美就有58000例患病记录，其中3145名病人死亡，21269名病人终身残疾。美国总统罗斯福本人也曾是一名小儿麻痹症患者，在其任上，他创立了全国小儿麻痹症基金会（March of Dimes），为小儿麻痹症的治疗研究募集了大笔基金。在匹兹堡大学的实验室，索尔克尝试用一种不同于传统的新方法来制造疫苗。他认为让活病毒进入人体的风险太大，可以在灭活病毒的同时保留病毒引发免疫反应的能力来制造疫苗。这是个惊世骇俗的观点，因为在此之前的所有疫苗均由毒力减弱的减活病毒制成。这些尝试让他饱受非议，并受到了一些病毒学同行的鄙夷。然而，这种灭活病毒制造的脊髓灰质炎疫苗，在猴子和人体上都展示出良好的预防效果。1955年4月12日，在罗斯福总统逝世十周年的特殊日子里，基于上百万病例的大规模临床试验结果，托马斯·弗朗西斯教授领导的临床试验团队宣布索尔克脊髓灰质炎疫苗安全有效。霎时间，全美大地上的教堂钟声齐鸣，人民纷纷涌入教堂祷告，庆祝人类可以免除小儿麻痹症的危害。

艾森豪威尔总统也向索尔克颁发了"总统特殊勋章"，表彰这位"全人类的恩人"，一夜之间，索尔克成为全美国人民心目中的英雄。更令人惊叹的是，索尔克没有为脊髓灰质炎疫苗申请专利，曾有人估算，脊髓灰质炎疫苗的价值在800亿美元以上，然而，他认为这项发明属于全人类，当记者问到专利问题时，他的回答是："你能为阳光申报专利吗?"

在攻克了防治小儿麻痹症这一医学难关之后，索尔克的下一个目标是建立一所能够让科学家齐心协力、潜心探索生命奥秘的研究机构。1960年，在也曾是小儿麻痹症患者的圣迭戈市长查尔斯·戴尔的盛情邀请下，索尔克决定将研究所建在圣迭戈市，为此，圣迭戈人民将拉荷亚海滨俯瞰太平洋的27英亩风水宝地无偿捐赠给新成立的研究所。1963年，索尔克生物研究所正式开张，头一批加入研究所的开山创始研究员中，就有病毒学家罗纳托·杜尔贝科（Renato Dulbecco）和分子生物学家弗朗西斯·克里克（Francis Crick）这样的学术大牛，几位英国学者甚至舍弃牛津剑桥的教授职位，飘洋过海来加入这所新成立的研究所。很快，索尔克生物研究所就成为分子生物学、遗传学、免疫学和神经科学研究的顶级机构，规模也从早期的五个实验室发展到目前的六十余个独立研究小组，超过四分之一的独立研究员是美国科学院院士。先后曾经有六位诺贝尔奖得主在这里工作生活过，他们是发现DNA双螺旋结构的弗朗西斯·克里克，发现肿瘤与病毒细胞遗传物质相互作用的罗纳托·杜尔贝科，阐明遗传密码在蛋白质合成中的作用的罗伯特·霍利（Robert Holley），发现丘脑下部激素的罗歇·吉耶曼（Roger Guillemin），发现细胞凋亡遗传调控机制的西尼·布伦纳（Sydney Brenner）以及发现端粒酶的伊丽莎白·布莱克本（Elizabeth Blackburn）。还有五位曾经在这里工作受训的研究人员，日后也获得了诺贝尔奖这项学术殊荣。另外，因研究核受体而获得拉斯克医学奖的罗纳德·埃文斯（Ronald Evans），因发现蛋白激酶磷酸化机制而获得沃尔夫医学奖的托尼·亨特（Tony Hunter），神经科学大师查尔斯·史蒂文斯（Charles Stevens）等都是研究所的杰出学者，他们的研究成果对当今生命科学和医学生物学领域具有划时代的影响。索尔克生物研究所还特别鼓励跨学科研究，曾经参加过曼哈顿计划、与费米一起设计了第一个链式核反应堆的匈牙利裔美籍物理学家利奥·西拉德（Leo Szilard）是研究所的创始研究员，并在这里开展钴-60放射性治疗肿瘤的研究。在二次世界大战中为英国皇家空军制定轰炸战略的波兰裔英国数学家雅克布·布罗诺夫斯基（Jacob Bronowski），战后将他的数学才能转向生物学研究，他也是研究所的创始研究员，在这里他开拓了计算生物学这一崭新领域。

为了给科学家们构建一个互相激励、舒适开放的研究环境，索尔克决定要建造一座不同凡响的研究所大楼。在全国小儿麻痹症基金会的资助下，他请到当代著名建筑大师路易斯·卡恩（Louis Kahn）来担纲设计，他告诉卡恩，要设计出

索尔克研究所大楼以及中庭的生命之流　©索尔克研究所

一栋"值得让毕加索来参观"的建筑。这位富有哲学家意味的爱沙托尼亚裔犹太建筑师，深受古罗马建筑综合几何形体的影响，是新现代主义的先锋。他为研究所设计了一个中庭平台和两栋镜像对称的六层建筑，建筑的外墙用火山灰混合的混凝土浇筑，不做任何后处理。中庭平台视野开阔，中间有一道一英尺宽的水渠——生命之流（Stream of life），奔流的渠水视觉上好像直接注入浩瀚的太平洋，给人一种生生不息的感觉。夕阳西下，落日的余晖将流水染成金色，这条生命之流又像是一条鎏金的通道。两栋呈严格对称结构的实验楼，是科学严谨性的表象体现，由立方形和充满棱角的立体图形拼合，像一面面战旗插在中庭平台上，只不过这些战旗是由石灰岩一样坚硬的混凝土凝固而成。战旗的每一面，都有一扇朝向大海的方窗，这样的设计，使实验楼内每一间办公室都可以看到大海。实验室的设计也充分采用了自然光照和自由的空间组合，让实验室的空间得到充分利用。1965年，当索尔克生物研究所大楼竣工时，这座完美结合了科学与艺术、古典和现代的建筑，立刻受到了科学家和参观者们的欢迎，成了圣迭戈市的地标建筑。在南加州的碧蓝天空映衬和丽日艳阳照耀下，巨大的清水混凝土块显得充满灵性，坚强有力。地面上大块的石板，加上两侧灰白色的混凝土墙壁，形成了古希腊建筑的感觉，仿佛这就是爱琴海旁的古建筑。1992年，索尔克生物研究所大楼荣获美国建筑学会（American Institute of Architects）的二十五周年大奖，并被列为我们这个时代改变现代生活的三十一个建筑物之一。在这样富有创新气息和优美的环境里从事研究工作，怎能不让科学家们灵感迭现、文思泉涌、成果硕丰呢？

充满艺术气息的索尔克生物研究所大楼没有等到毕加索来参观，却迎来了毕加索的前亲密女友弗朗索瓦斯·吉洛特（Francoise Gilot）女士。吉洛特二十一岁那年在巴黎的一家餐馆邂逅六十一岁的毕加索，成为他的艺术缪斯和亲密女友，他们一起共同生活了十年，并育有两个孩子。后来，吉洛特毅然离开了毕加索，独立发展自己的艺术道路，成为知名的立体派画家和畅销书作家，她撰写的《与毕加索一起生活》一书，销售超过一百万册，另一本书《马蒂斯与毕加索：艺术中的友谊》也广受好评。1969 年，在南加州的一次宴会上，朋友介绍索尔克认识了吉洛特，索尔克盛情邀请吉洛特去参观索尔克生物研究所。一开始，吉洛特认为一个艺术家和一位科学家之间能有什么共同语言呢？然而，当第一眼看到研究所那栋精美的建筑时，她被强烈震撼了。对建筑艺术的共同喜好，拉近了两个人的距离，1970 年，他们在巴黎喜结连理，从此一起生活了二十五年，直至 1995 年索尔克去世。随着吉洛特的加入，索尔克生物研究所拥有了更浓厚的艺术气息，研究所会议室的墙上就挂有吉洛特的画作，实验大楼大堂内，也曾举办一些现代艺术家的画展和艺术展。一年一度的"索尔克交响曲－星空音乐会"，是圣迭戈交响乐团的保留节目，也曾迎来多位格莱美艺术奖和托尼艺术奖得主登台表

索尔克博士与弗朗索瓦斯·吉洛特女士 ©索尔克研究所

演。星空之下，面朝大海的中庭平台转变成音乐厅，科学家和艺术家们并肩而坐，奏响人类文明精华的乐章。此情此景，不仅令人想起法国文学大师福楼拜说过的："越往前走，艺术越科学化，科学也越艺术化。两者在山麓分手，回头又在顶峰汇聚。"

四分之一世纪前，笔者在毗邻索尔克生物研究所的斯克里普斯研究所（The Scripps Research Institute）学习，常去索尔克生物研究所聆听科学报告，拜访学界朋友。一次经朋友介绍，前去拜访创始研究员莱斯利·奥格尔（Leslie Orgel）博士。奥格尔博士加入索尔克研究所之前是剑桥大学教授，1950年代在理论无机化学方面做出了一系列开创性工作，他撰写的《配位场理论》一书，是我大学四年级时学习结构化学的参考书，我曾经非常认真仔细地研读了这本书的中译本。加入索尔克研究所后，奥格尔博士华丽转身，跨界投入到RNA世界的研究之中，开创了化学进化这一崭新研究领域。当我告诉奥格尔博士我曾经读过他的《配位场理论》一书时，老先生显得十分激动，他告诉我，这是他到索尔克研究所三十年来第一次有人和他谈论配位场理论，令他十分欣慰的是，人们还没有忘记他五十年前的科研成果，而且是一位来自中国的年轻学者。他从书柜角落深处找出一本布满灰尘的《过渡金属离子配位场理论》抽印本，亲笔签名赠送给我留念。在奥格尔博士的引荐下，我还得以拜见了弗朗西斯·克里克博士，这位大神一样的现代科学泰斗，鹤发童颜，亲切和蔼，轻声细语地给我介绍他正在研究的神经生物学，试图揭开人类意识本质之谜。和两位英国绅士科学家交谈，令人如沐春风，有经仙人点拨羽化之感。

　　漫步在索尔克生物研究所的中庭平台上，太平洋温暖的海风迎面吹来，不远处的海边悬崖是滑翔翼爱好者的最爱，色彩斑斓的滑翔翼在湛蓝的天空中翱翔。沿着悬崖陡峭的小路下到海边，就是圣迭戈著名的黑沙滩，在那里总会有惊奇的发现。中庭平台东端入口的一块大理石上，镌刻着索尔克的一句话："希望寄于梦境和想象之中，也在于那些敢使梦想成真之人的勇气之中（Hope lies in dreams, in imagination and in the courage of those who dare to make dreams into reality）。"索尔克自己和索尔克生物研究所的科学家们，在探索人类生命未知奥秘的征途上，正是这句话最好的实践者。

笨叔的校园

宾夕法尼亚大学简称宾大，是美国八所常青藤大学之一，创立于1740年，是北美大地上稍晚于哈佛、耶鲁、威廉玛丽学院之后设立的高等学府。前面这三所学校，当时都是为培养教会人员设立的神学院，唯有宾大在创立之初，就确定了以讲授教导实用知识为主的办学方针，因此它在北美大陆上第一家设立医学院，第一家设立商学院，第一家拥有学生社团，率先成为真正意义上的现代大学。这样的办学理念，源自宾大的创立者——本杰明·富兰克林（Benjamin Franklin）。

提起富兰克林，人们脑海里首先想到的一定是美国《独立宣言》的起草者和签署者，其实，他还是那个时代杰出的思想家、外交家、科学家、发明家、文学家、社会活动家和商界领袖。虽然只在学校里受过两年正规教育，但他凭着不懈的努力和自学，成为那个时代最有学问的人士。现如今，学生们在小学的课本里，就读过他下雨天放风筝研究雷电和发明避雷针的故事；百元美钞的绿票子上，印着他一半秃顶一半长发的胖胖头像。因着这份圆润和蔼的佛系形象，宾大的学生们都亲切地称这位创始人为笨叔（Uncle Ben）。虽然今天的宾大校园已经不是当年创校时的原址，漫步宾大校园，还是可以处处感受到笨叔的存在和影响。据校方不完全统计，宾大校园内共有五十多处与笨叔有关的艺术品，其中最著名的应该是三尊笨叔的雕像。

第一尊雕像坐落于33街的大学体育馆惠特曼楼前，标题为"1723年的本杰明富兰克林"，描述了十七岁的笨叔第一次从波士顿来到费城时的情景。雕像中的青年笨叔，目光坚定，凝视远方，戴着一顶殖民时期的无檐小便帽，穿着一件排扣服外套一件短大衣，右手拎着一个装有他全部财物的提包，左手拄着一根拐杖，就像一名从作坊里逃出来的小学徒，从市场大街的码头上跳下船踏上宾州的土地，从此昂首迈向未来，开创出美国历史上的一片新天地。这件八英尺高的立像是由著名雕塑家同时也是宾大体育系主任的罗伯特·麦克肯泽教授创作，由宾大1904届毕业生在毕业十周年团聚时敬献给母校的。学长们在题献词中，期望今后的历代学子，能够以学校创始人为榜样，在他的精神激励下，就像年轻时的笨叔一样，以费城为起点，创造出自己人生的辉煌。

第二尊雕像位于校园中心位置的学院礼堂前，是一尊由约翰·博伊尔创作的青铜坐像。这座铜像1896年由当时的百货大款斯特拉·布里奇赠送给费城市政府，1899年敬立于第9大街费城邮政总局的门口，以纪念笨叔当年曾出任过费城第一届邮政局长。1939年，当邮政总局拆迁时，这座雕像由费城市政府出借给宾大，从此就有借无还地安放在宾大的校园之中，真正回家了。座像中的笨叔已经是我们司空见惯的佛

BENJAMIN FRANKLIN
IN 1723

宾大校园内的三尊富兰克林雕像和裂开的纽扣　杨岚摄影

系形象，半秃半长发的大头，圆滚滚的身子，胖胖的将军肚将排扣服的下摆撑开，一粒扣子也丢失了，左手放在椅把上，左脚稍伸向前。校园的参观者都传说只要摸摸笨叔伸出的左脚，将来就可以考上宾大，因此，雕像的左脚已经被来自世界各地的学子们摸得闪光锃亮。雕像的基座上，铭刻着华盛顿为笨叔撰写的悼词："因善行而受敬仰，因才华而获崇拜，因爱国而得尊敬，因仁慈而享爱戴。"这几乎是圣人才可以得到的评价了。

第三尊雕像"长椅上的笨叔"（Ben on Bench）则要新得多，是1962届的校友在毕业二十五周年时赠送给母校的，1987年由美国雕塑家乔治·伦登创作敬立，1992年挪移到现在37街和卢卡斯特小径交汇处的东南角。这是一尊真人大小的铜像，胖乎乎的笨叔坐在长椅上，带着老花镜，左手拿着一份他自己创办的《宾夕法尼亚报》正在阅读，报纸的日期是1987年5月16日。长椅的椅背上立着一只小鸽子，椅子的一边还空出一个位置，仿佛你可以坐上去，和笨叔聊一会天。但是，且慢坐下！你用鼻子嗅嗅，应该会闻到一股尿骚味。像其他几所百年老校一样，宾大学生中也流传着许多怪异的传统，向"长椅上的笨叔"撒尿，则是近三十年来新流行的一桩恶作剧。宾大号称是全美课业第二重的学校，学子们常常被课业压到快要崩溃，只能趁着夜深人静在自习归来的路上，或是在考试之后狂欢痛饮之后，往笨叔身上滋一泡尿发泄一下：谁让你创立了这所学校，害得老子读书读得这般苦。每学期学校警察都会抓住几位向笨叔撒尿的学生，罚款五十美元，更多的淘气鬼，则逃之夭夭了，笨叔只能忍受着后辈们的戏弄，宽厚地笑笑。

宾大校园里还有一件与笨叔有关的雕塑，就是凡皮尔特图书馆前草地上那颗硕大的白色纽扣。传说学院礼堂前那尊雕塑上的笨叔，有一天吃饱喝足之后坐回椅子上，圆滚滚的肚子将排扣服撑得紧紧的，只听到卟的一声，一粒纽扣被撑破掉了下来，一路滚过卢卡斯特小径，落在图书馆前，就成了现在这座雕塑。纽扣雕塑的正式名称叫做"裂开的纽扣"，由瑞典当代艺术家克拉斯·奥尔登堡于1981年创作。这座现代雕塑艺术品初立之时，还给人一种违和感，逐渐地，学生们也接受了它，并认为它和不远处的笨叔雕像形成了一种遥相呼应的整体感，已经成为宾大校园的汇聚点和不可分割的一部分。创作人奥尔登堡还会告诉你，纽扣上裂开的那条缝隙，就是校园旁边的思故奇河，将费城分为东西两侧，纽扣上的四个洞眼，代表着富兰克林时代费城的四个社区。如果你问一下匆匆走过的宾大学子，他则会告诉你，趁着毕业之前钻到雕塑纽扣底下与女朋友亲热一番，是毕业班学长要传授给你的大四智慧中的一条。

宾大建校初期的校址位于费城市内的第4大街上，1870年后新校址搬迁到思故奇河西岸，从此在西费城建立起一片大学城，优雅的哥特式建筑风格不禁让人联想到欧陆上的牛津剑桥。二百多年来，宾大已成为一所世界名校，在学术研究和教学中屡屡开创先河引领风潮，这里先后走出了两位美国总统和三位美国最高法院大法官，以及三十六位诺贝尔奖获得者。秉承了笨叔会算账会赚钱的天赋，宾大也是美国培养出最多亿万富翁校友的高校。校园里的三尊笨叔雕像，既是学校的吉祥物，也像学校的保护神，日日夜夜守护着一代又一代的学子，看守着他自己亲手创立的学校校园。

自古英雄出少年

　　海外华人家庭谨守孔夫子"万事皆下品，唯有读书高"的古训，都很重视子女的教育，因此第二代华人中，学业出众、满门英杰的书香人家，大有人在，比如数学菲尔茨奖得主陶哲轩三兄弟，物理诺贝尔奖得主朱棣文三兄弟，都是华人世界中众人称道的例子。近年来，钱永健兄弟二人以其卓越的学术成就，也开始走进人们的视野。

　　在化学和生物学界，提起钱永健这个名字，许多不熟悉中文的人，都会觉得陌生，但是提到罗杰·钱（Roger Tsien），就无人不知无人不晓了。钱永健现在是加州大学圣地亚哥分校化学及药理学两系的教授，他在神经生物学、细胞生物学和化学生物学上的贡献，使得他年年都是诺贝尔化学奖或医学奖的热门人选，今年是否花落他家，大家都在拭目以待。

　　钱永健1952年出生于纽约，后来全家搬到与纽约相距不远的新泽西州李文斯顿，在那里上学长成。钱家的家谱，似乎就是一本工程师的花名册。他的舅父，曾是麻省理工学院教授，他的堂叔，则是中国导弹之父、大名鼎鼎的钱学森，由此让人不得不相信，聪明也是会遗传的。由于这种工程师家传，钱永健多次说过，他自己的工作，也可以称之为分子

钱永健教授　©美国化学会

工程，因此他自己也算是工程师了。

钱永健年少时患有哮喘病，课余时间不能像兄长那样在外面跑来跑去，很多时间只能呆在室内。小学时，父母给他买了一套化学小实验的教学用具，让他在家里摆弄，从此，花花绿绿的化学世界就让他着了迷。他把教学用具中教导的实验做完之后，觉得这些实验太简单太安全，不够刺激，就到图书馆去找书来照着做实验。很快，家里的地下室就堆满了瓶瓶罐罐，成了他的实验室。他还和哥哥一起学会了制造火药，一次为了试验受控爆炸，把家里地下室的乒乓球台给点着了，这一下把他父母亲给吓着了，赶忙让他把实验搬到外面的水泥阳台上去做。十六岁那一年，他以研究金属与硫氰化合物结合方式的论文，获得西屋天才少年科学奖的第一名，并得到全国荣誉奖学金进哈佛大学主修化学和物理。虽然哈佛是世界化学研究的翘楚，哈佛的化学系是全美乃至全世界最强的化学系，可是这位化学天才少年，却对传统的化学感到忍无可忍，十分失望。他开始去探寻其他学科，终于发现神经生物学十分有趣和引人入胜。

二十岁自哈佛毕业，钱永健得到了马歇尔奖学金，像他的哥哥钱永佑一样，飘洋过海，来到剑桥大学生理系跟随阿德然教授（E. D. Adrian）读博士。阿德然教授是世界著名的肌肉电生理学教授，也是一位世袭的伯爵，真正的英格兰绅士，他知道钱永健的潜力，他也知道钱永健的兴趣是在神经生物学方面，于是，就任由钱永健自己选题做他的博士论文。

就这样，经过一番磕磕碰碰的摸索，钱永健充分应用他的化学特长，发明了钙染料技术，可以直接标记观察活体细胞内钙离子信号的流动和变化，为活体细胞内信号传导和功能研究提供了一项有力的工具，随后，他又通过遗传工程的方法，发明了多色荧光蛋白标记技术，为细胞生物学和神经生物学的发展带来了一场革命。最近几年，他又致力于应用细胞渗透肽的荧光标记技术，来发现观察癌细胞，希望能为癌症的诊断治疗带来一场革命。

从幼年摆弄化学试管里红红绿绿的试剂药水，到后来给细胞信号染上红红绿绿的颜色，钱永健的一生，就是这样斑斓多彩。回顾自己的成功之道，他把这一切归功于自己所受到的化学训练。大部分生物学家，并不真正懂化学，在遇到需要用化学手段来解决问题时，往往就避开或绕道而行了，而钱永健，则可以亲自动手设计合成自己需要的化学分子。钱永健曾开玩笑说，作为生物学家又能够亲自动手做化学，就像盲人世界里来了一位"一目了然"的独眼龙，自然就可以称王称霸了。因着这些傲人的成就，钱永健于1998年当选美国科学院院士，2004年更获得有诺贝尔奖指针之称的沃尔夫奖。他年纪轻轻就已经是加州大学伯克利分校教授，九十年代初被加州大学圣地亚哥分校重金挖去，成为那里的王牌大牛之一。

钱永健的研究领域横跨生物、化学和物理学，因此他也很爱去听其他学科的科学报告。九十年代中期我在斯可瑞普

钱永健小时候在家里后院水泥阳台上设立的化学反应装置　©诺贝尔基金会

斯研究所工作时，就经常看到他来听报告。我那时也是有眼无珠，不识泰山。记得有一次听报告时，坐在我旁边的是一位戴白边眼镜的儒雅中年亚裔，我还以为是国内来的访问学者，就先用英语问他是不是中国人，得到肯定答复后，就转用中文和他说话，他连忙告诉我，他虽然是中国人，但在美国出生，中文讲不好，只能和我说英文。事后，同事们才告诉我，他就是大名鼎鼎的罗杰·钱。

离开加州已经十年了。每年的10月初，每当诺贝尔奖要公布的时候，都自然会想到钱永健，脑海里就会浮现出他右手勾着一件外套，玉树临风地走在加州大学圣地亚哥分校校园里的身影。祝愿他早日得到科学界的这一至高奖赏，为中华儿女争光，也祝愿海外华人第二代第三代子女中，涌现更多像钱永健这样的天才。

注：此文写于2008年9月底，并发表于长沙一中高76届同学网。两周之后，钱永健教授果然获得2008年诺贝尔化学奖。

夜半铃声惊梦来

　　每年10月份的第二个星期，位于瑞典斯德哥尔摩的诺贝尔基金会和瑞典皇家科学院等机构就会陆续公布当年的诺贝尔奖获得者名单。按照惯例，诺贝尔奖评选委员会在投票选出获奖人之后，会在第一时间将获奖的喜讯打电话告知获奖者。由于北美和欧洲的时差，这个报喜的电话，通常是在半夜打到北美获奖者的家中。夜半铃声惊梦来，10月初的这个报喜电话，也闹出过不少八卦故事。

　　西雅图华盛顿大学的丹纳尔·托马斯（Donnall Thomas）教授，因骨髓移植的开创性工作获得1990年的生理学及医学奖。那天半夜两点，一个从斯德哥尔摩打来的电话吵醒了他，一位操外国口音英语的男子告诉他，他获得当年的诺贝尔奖时，他说什么也不相信，以为是哪个坏家伙捣蛋鬼跟自己开玩笑捉弄他。随即，又一个电话吵醒了他，这次是纽约的一位记者，要求采访了解一下他的科研工作。睡在旁边的妻子嘟囔道，"你做什么事了，值得半夜两点采访"，用被子蒙头继续睡去。不久之后，只见住家的外面警车呼啸，警察也来帮忙了，门口围了一大堆记者，闪光灯闪个不停，托马斯教授才相信这事大概是假不了啦。

纽约洛克菲勒大学的罗德里克·麦金农（Roderick MacKinnon）教授，因钾离子通道的结构测定，获得2003年的化学奖。因为这项工作在1998-2001年期间才完成，而那一年麦金农教授也只有四十几岁，他对自己的得奖没有太多思想准备。当斯德哥尔摩的电话打到纽约家中时，他正在几百里外麻省海滨的寇德角度假。秘书打来电话向他报告这一消息时，他不敢相信，上网查询也没有看到消息。直到洛克菲勒大学的校长亲自给他打电话，请他回校参加记者招待会，他才如梦方醒，驱车赶回纽约。就这样，他穿着皱巴巴的休闲服和沙滩拖鞋，被拽上了主席台，站在一大堆衣冠楚楚的嘉宾校董中间，面对着耀眼的闪光灯，向记者们介绍自己的获奖工作。

　　加州理工学院的亨利·格雷教授，则曾因着来自斯德哥尔摩的夜半电话，空欢喜过一场。格雷教授是生物无机化学的创始人，他在这个领域的出色工作，也够得诺贝尔化学奖了。所以，当1992年10月初的半夜，他被电话铃声吵醒，一个男子在电话里告诉他这是从斯德哥尔摩诺贝尔基金会打来的电话时，他的心都快跳出了胸膛，心想"这一天终于来到了"。然而，那位男子却忙不迭地对他道歉："格雷教授，实在抱歉，这次不是你，这次是你的同事鲁道夫·马库斯教授，我们不知道他家的电话号码，我们有你的号码，因此只能打搅你，请你告知马库斯教授家的电话号码。"格雷教授听到这里，整个人差点没晕过去。鲁道夫·马库斯（Rudolph

Marcus）教授是加州理工学院的物理化学教授，因在电子转移理论的贡献，获得1992年的化学奖，然而，第一时间得到这个消息的，却是格雷教授。格雷教授很喜欢把这段八卦讲给人听，他到我们实验室来访问时，绘声绘色地讲起这段经历，差点没把大家给笑趴下。

最八卦的事情大概发生在1987年化学奖得主、加州大学洛杉矶分校多纳德·克兰姆（Donald Cram）教授身上。他因超分子合成方面的工作得奖时，诺贝尔基金会没有他家的电话号码，因此只能打电话到洛杉矶查号台411查询。411查询台给了他们一位同名同姓的多纳德·克兰姆的电话，但这位多纳德·克兰姆，却是一位开地毯清洗店的，当他半夜接到获奖电话，得知诺贝尔化学奖要奖给他这位地毯清洗店老板时，觉得这个玩笑也开得大了点。碰巧的是，这位地毯清洗店老板，曾在加州大学洛杉矶分校取得化学学士学位，若是因着解决了地毯清洗中的化学问题，得个诺贝尔化学奖，倒也专业对口了。后来几经周折，诺贝尔基金会才联系到真正的克兰姆教授。

作为世界科学界的最高奖项，诺贝尔奖无疑是学术界许多大师终身所追求和期盼的。当10月初的那个夜半惊梦电话响起的时候，也是几家欢乐几家愁，因此，每年的10月初，在美国东西两岸像哈佛、斯坦福这样的著名学术机构里，总是可以看到几个郁闷的身影在摇头叹息。这时候，实验室里的师兄师姐就会轻轻地告诫新来的愣头青，教授老板这几天

Donnall Thomas 教授　　　　Roderick MacKinnon 教授
©华盛顿大学　　　　　　　　©洛克菲勒大学

Rudolph Marcus 教授　　　　Donald Cram 教授
©加州理工学院　　　　　　　©加州大学洛杉矶分校

四位诺贝尔奖得主

熬夜等电话扑了空，心情不好，没事千万别去招惹他。然而，正像2001年化学奖得主、斯克里普斯研究所的巴里·夏普莱斯（Barry Sharpless）教授所说的那样：科学家从事科学研究的动力是发现，而不是得奖。夏普莱斯教授曾经动情地说：如果我有一个王冠，我的科研小组的每一位成员，就是王冠上的宝石，我愿将诺贝尔奖的荣耀，与他们每一位共同分享。学富五车成就辉煌而又谦逊如斯，那么，10月的电话即使没有在半夜里打到他的家中，世界各地的科学家们，也会在心中为他颁发一个最高的奖项。

一蓑烟雨任平生

　　2008年10月8日，位于瑞典斯德哥尔摩的诺贝尔基金会和瑞典皇家科学院宣布将2008年诺贝尔化学奖授予下村修（Osamu Shimomura）、马丁·查尔非（Martin Chalfie）和钱永健三位科学家，以表彰他们发现和改进了绿色荧光蛋白。绿色荧光蛋白以及多色荧光蛋白是现代生物学研究的一个重要工具，可以用来标记观察活体细胞，这项工作获得科学界的最高奖项，也是众望所归。

　　在这三位获奖者中，下村修首先从海洋水母中分离出绿色荧光蛋白，他发现这种蛋白在紫外线光照射下发出绿光。查尔非则将绿色荧光蛋白表达到生物活体内，展示了绿色荧光蛋白作为各种生物现象的亮光基因标签的价值。钱永健对我们理解绿色荧光蛋白如何发光做出了重要贡献，他还将颜色标签扩展到除绿色之外的多种颜色，因此可以用各种颜色标识不同的蛋白和细胞。其实，在这项研究中，还有一位重要人物，他的名字叫道格拉斯·普拉什（Douglas Prasher），正是他克隆出了绿色荧光蛋白基因，使得后面查尔非和钱永健的工作能够继续进行下去。因着在这项研究中的重要贡献，普拉什也是应该跻身诺贝尔奖得主之列的。然而，诺贝尔奖规定每个奖项每次最多只能奖给三个人，而且，普拉什也已经离开科学研究领域一段时间了，因此在这场四选三的竞赛中，自然就被淘汰了。可是，人们还是很想知道，当斯德哥尔摩的夜半电话惊梦来的时候，这位准诺贝尔奖得主在什么地方？他今天的境况又是如何？因着这种好奇心，美国公共广播电台（NPR）的记者们终于挖出了普拉什这段令人心疼的故事。

　　普拉什1979年在俄亥俄州立大学取得生物化学的博士学位，在佐治亚大学做完博士后研究之后，于1987年到麻省的吾兹霍尔海洋研究所工作，在那里他认识了下村修并了解了他的工作，进而对研究生物示踪分子产生了浓厚兴趣。1992年，他克隆出了绿色荧光蛋白基因，为系统全面研究和改造绿色荧光蛋白奠定了基础。但是，当他就继续研究这个项目申请美国国立健康研究院NIH的科学基金时，评审人认为这项研究没什么价值，据此回绝了他的基金申请。就这样，他离开了吾兹霍尔海洋研究所，来到美国农业部的植保中心主持生物技术方面的工作。后来，他又转到位于阿拉巴马州亨特维尔市的美国宇航局NASA的一家合同单位工作。两年半以前，由于布什政府大幅削减联邦机构和科研单位的经费，普拉什在美国宇航局的项目也被砍掉了，因此他也失去了工作，加入了失业者的行列。不得已，为了谋生，他只能到一家车行担任司机，负责免费接送来车行看车修车的顾客。这份工作的收入很低，甚至难以养家糊口，两年来，家中的积蓄也花光了。虽然他一直坚持寻找科学领域的工作，但是一直没有找到合适的位置。看到这种状况，他以前的老同事们都感叹，这真是惊人的人才浪费！

普拉什是一位热心助人的科学家。钱永健在回忆起往事时，直说自己是非常幸运的人，因为当他的研究需要这份基因时，普拉什刚刚完成了这项工作，钱永健打电话向他讨取，他十分爽快地就把基因给出去了。同样，查尔非也是从普拉什那里无偿得到这份基因，普拉什甚至还派学生把基因送到查尔非在哥伦比亚大学的实验室里。今天，看到钱永健和查尔非都因自己提供的基因做出了精彩的工作，普拉什表示一点也不遗憾，相反，为自己未竟的事业在别人的手里得到完成感到欣慰。

面对目前的窘境，普拉什自我解嘲地说：做科研是一件很孤单的工作，没想到跟人打交道也还满有意思的。在车行里开车，每天都可以遇到新人，和他们聊聊天，听他们讲各种各样的故事。有些故事不想听，就把耳朵闭上吧。当和记者谈到12月份钱永健他们三人就要到斯德哥尔摩去领取巨额奖金时，普拉什还开玩笑说：如果钱永健和查尔非到亨特维尔市来，是该好好请我吃一顿饭了。唯一让普拉什担心的是，经过这几年的荒废，他的知识老化了，就更难回到科学领域了。

沧海月明珠有泪，一蓑烟雨任平生。运交华盖，沧海遗珠，普拉什的命运，实在是令人感叹不已。然而，他对科学

普拉什在车行　©亨特维尔时报，Bryan Bacon摄影

的贡献是不会被人忘记的。在今年诺贝尔化学奖的颁奖文告中，就多次提到他的名字，他的几篇论文也作为关键文献罗列其中。更令人起敬的是他面对多舛命运的那种精神和心态，也是值得每个人好好思考的。阿拉巴马州亨特维尔市有幸乘坐这位准诺贝尔奖得主驾车的乘客，一定也会向他脱帽致敬。

面壁十年图破壁

　　一位物理学家，因着为生物学研究发明了一件实验神器，获得了诺贝尔化学奖。这位横扫物理、化学、生物三大学科的跨界神捕手，就是2014年新科诺贝尔化学奖得主埃里克·贝齐格（Eric Betzig）博士。在海外华人学生学者的BBS网站上，因着发音相近和打字的方便，大家都戏称他为本子哥。本子哥本人坦承对于拿到诺贝尔化学奖，真是有点诚惶诚恐，他告诉儿子，当年读书时，他的化学成绩是最差的，因此，要称他为化学家，还真让他有点难为情。但是，本子哥发明的超分辨率显微镜，像一盏神灯照亮了混沌不清的分子世界，让科学家能够在单分子水平上看清生命现象，无论是化学家，还是生物学家，都要感激他。而本子哥发明超分辨率显微镜背后的风风雨雨，更是一篇大逆反的传奇故事。

　　本子哥1960年出生于密歇根州的安娜堡，父亲在那里开有一家规模不小的汽车配件生产工厂。三十四岁以前的本子哥，求学和科研的道路可谓一路顺风顺水。高中毕业后顺利考入素有学霸集散地之称的加州理工学院学习物理学，要知道，加州理工的物理系，简直就是一个诺贝尔奖的摇篮，先后有十四位该系毕业生和教授获此殊荣。本子哥四年苦读，

贝齐格博士　©美国化学会

换来一名荣誉毕业生身份。假期里，又到航空系去做研究助理，帮助研究喷气发动机的不稳定性问题。大学毕业后，横跨美洲大陆，本子哥来到康奈尔大学学习应用及工程物理，跟随麦克·艾萨克森教授（Mike Isaacson）研究近场光学，在其博士论文研究中，第一次用近场光学的方法实现了超分辨显微。康奈尔的物理系，也不是吃素的，这里也曾走出十几位诺奖获得者（加上2014年与本子哥一起得奖的摩尔那教授和本子哥本人，已经是十五位）。在康奈尔拿到博士学位后，又进入贝尔实验室，继续近场光学在半导体和数据存储领域的应用研究。本子哥在贝尔实验室的六年岁月，虽然已不是贝尔实验室最辉煌的年代，但那里浓厚的研究氛围，同事中成群的大师，也让他受益匪浅，在那里他创造了好几项世界第一，包括采用近场磁光方法取得每平方厘米存储45Gb数据的当时世界最高纪录。

本子哥的研究领域，通俗地讲，就是要让人类的眼睛通过显微镜看到更微小的世界。然而，物理学家阿贝早在1873年就曾指出，通过光学显微镜看到的最小物质，即分辨率，不可能小于光线波长的一半，亦即0.2微米左右，这就是著名的阿贝衍射极限。而通常微观世界里的生命物质，如蛋白质、核酸和病毒分子等，都小于这个尺度，因此，用光学显微镜观察微观生命活体，就像航拍拍摄到一座城市的概貌，却无法看清城里的芸芸众生是如何生活的。本子哥一直在苦苦思索如何突破阿贝衍射极限，在一个寒冷冬日的散步中，他突然冒出一个念头：何不用几束不同颜色的光来照射不同的分子，并拍下不同颜色的照片；每张照片中，分子的距离大于阿贝极限，而不同颜色照片中的分子间距，则可以小于阿贝极限，然后把这些照片叠合在一起，不就可以得到总体小于阿贝极限的分辨率了吗？这种想法，理论上是完全可行的，但当时要实践起来却有很大困难。本子哥把这一想法写成一篇理论论文，发表在《光学通讯》杂志上。

受困于显微技术无法进一步突破的窘境，再加上厌倦了主流学界对热门研究领域一拥而上的现实做法，怀着一种"独孤求败"的心情，本子哥于1995年毅然辞去了万人向往的贝尔实验室研究员工作职位，回到故乡，帮助父亲打理汽车配件厂。在这里，他的科学头脑也对工厂大有裨益，解决了机器部件生产流程中的一个关键问题。在金属部件的加工中，原来的流程需要多点移动几吨重的机床器械来进行切割，本子哥把这个流程改为移动切割部件到固定的机床上进行切割，从而大大减少了生产时耗。另外，他还要管理产品开发和营销，据他自己讲，他实在不是一个优秀的销售人才。因此，在安娜堡机械厂七年的时光里，当密歇根湖寒冷的北风吹过时，他心里那朵科学的火苗，还在隐隐地燃烧着：阿贝衍射极限像一个魔咒，一直在心中呼唤着他，十年前的那个理论，现在有可能在实验室中实现了吗？

完全脱离科学界十年，要想杀一个回马枪，回来再做科学研究，实在不是一件容易的事情。在这十年里，科学进步可谓一日千里，例如绿色荧光蛋白的发现，就是细胞生物学领域里一个革命性的成果（因着这项工作，钱永健等获得了2008年的诺贝尔化学奖）。本子哥决定还是按他那种科学独行侠的方式来做研究，他在回溯这十年发表的科学论文时，读到绿色荧光蛋白这项工作，敏锐地感觉到这就是他在1995年那篇理论论文中苦苦寻找的可以分色照相的那束光，是破解阿贝极限的突破口。这个时候，他心潮澎湃，实在坐不住了，他不无感叹地说，自己也许是地球上最后一个刚刚知晓绿色荧光蛋白的人。在前后脚离开贝尔实验室的前同事赫斯（Harald Hess）博士的协助下，他们用不到两个月的时间里，加工配件，收集器材，在赫斯家的客厅里，变戏法般地搭起了世界上第一台超分辨率显微镜样机。作为一名物理学家，本子哥当时对生物学知之甚少，因此，他们又带着样机，来到华盛顿郊区的国立健康研究院，与那里的两位生物学研究员合作，拍摄到了世界上第一张溶菌体的高分辨率单分子影像。这个划时代的成果，很快于2006年发表在《科学》杂志上，立刻引起了学术界巨大的轰动。这一工作，为人类在分子层面上观察细胞的活动，打开了大门，使人类对生命现象的理解，产生了突飞猛进的提升。一项诺贝尔奖级别的工作就此诞生了！

本子哥一个华丽转身，携风带雨地重新回归科学研究。2005年，他加盟休斯医学研究会HHMI下属的珍妮利亚研究中心（Janelia Farm Research Campus），组建生物成像技术实

贝齐格博士与夫人吉娜博士在中国讲学　©中国科学技术大学

验室。休斯医学研究会是美国航空大王休斯捐款组建的医学研究基金会，每年拨巨款分散资助全美顶级医学生物学研究人员从事基础研究。近年组建实体的珍妮利亚研究中心，旨在汇集全世界最优秀的年轻科学家，在一起进行生物医学前沿研究，号称生物医学研究的贝尔实验室。在几位学界泰斗的保荐下，本子哥以一份十年未发表任何学术论文的残缺简历，能够入选珍妮利亚研究中心，也是学界一奇。在这里，他可以不必担心研究经费，全身心地研究生物与物理学的交叉学科。也是在这里，他遇到了他的真爱，与华裔青年女科学家吉娜博士喜结连理。吉娜出生于安徽蚌埠，毕业于中国科技大学，在加州大学伯克利分校取得博士学位，也是一位优秀的生物物理学家。现在，他们夫妻二人，比翼齐飞，在生物成像和显微研究领域里大展鸿图。

回顾自己大逆反的不凡经历，本子哥一再告诫年轻学子们：从事科学研究，不要尽挑一些时髦的热门课题做，也不要在已经成熟的领域里投入太多的时间和精力，要敢于坚持自己的道路，不要怕别人说三道四。最重要的是，要热爱自己做的事情，没有激情去做的事情是没有价值的。本子哥自己的经历，正是这些劝诫的最好写照。

身有彩凤双飞翼

在常人的眼里，化学家的一生，一定是在试管烧瓶堆积的实验室里度过，在原子分子的世界里苦苦求索，矢志不变，终其一生。然而，斯坦福大学化学教授卡尔·杰拉西（Carl Djerassi）的一生，却是另一种不同的画面：他不仅在实验室奋斗，也驰骋商场，笔耕不断。他不仅是一位杰出的化学家，同时还是一位成功的企业家、多产的小说家和剧作家，以及慷慨的艺术品收藏家和慈善家。今年（2015）1月份以九十一岁高龄仙逝的杰拉西教授，真正活出了一个传奇的七彩人生。

卡尔·杰拉西1923年出生在奥地利维也纳一个犹太家庭，父亲是一位匈牙利裔医生。十六岁那年，为了逃离纳粹的迫害，他和母亲身无分文地来到美国。经过几年刻苦的学习，二十二岁就在威斯康星大学麦迪逊校区取得有机化学博士学位。他的博士论文是研究通过化学反应将雄性激素睾丸酮转化为雌性激素雌二醇，这为他日后的工作打下了基础。早在取得博士学位之前，他就在西巴公司（Ciba，世界著名的诺华制药公司的前身）参与研究抗组胺药物，发明了去敏灵——一种抗过敏的止痒药。1949年，他来到位于墨西哥城的辛泰克斯公司（Syntex），领导一个研究团队从事可的松的合成工

杰拉西教授　©斯坦福大学

作。他们利用从墨西哥野生甘薯中提取的原料，来合成可以治疗多种疾病的甾体激素类药物，包括炔诺酮，一种具有很高活性的口服孕激素，这就是后来被称为神奇"药片"的人类历史上第一个口服避孕药，从此，人类真正实现了生育控制。这一贡献，对人类社会的文明和发展都具有划时代的意义。也正是由于这个工作，人们尊称杰拉西为"避孕药之父"。

1952年，杰拉西来了一个华丽大转身，从工业界转任大学教授，来到位于底特律的怀恩州立大学化学系任教。1959年，杰拉西在威斯康星大学时的老师威廉·强生教授（William Johnson）执掌斯坦福大学化学系，那时的斯坦福化学系，名气远不如今天这样如雷贯耳，为了建立斯坦福化学系的学术声望，强生教授招聘了一批青年才俊，杰拉西就是他的第一人选。在此之后的四十年里，杰拉西对斯坦福化学系学术声望的隆起，起到了举足轻重的作用。在斯坦福期间，他深入研究了生物合成这一领域，即大自然是如何构造复杂分子，比如海洋天然产物的。他也是最早一批采用高灵敏分析仪器来推测化学结构的先驱。1965年，在常人还不知计算机为何物的时候，他就与斯坦福大学计算机科学系费根包姆教授合作，开发出了一套用计算机推演化学结构的程序，这是最早采用人工智能和专家系统来研究化学问题的典范。在杰拉西五十多年的化学研究生涯中，他发表了一千二百篇学术论文，其中三百五十篇发表在化学界的顶级杂志《美国化学会会志》上，无论与哪个时代的化学家相比，这都是一个难以打破的神话。由于杰拉西对化学研究的巨大贡献,他几乎囊括了科学界除了诺贝尔奖之外的所有重要奖项:包括由美国总统颁发的国家科学奖、国家技术奖、沃尔夫奖设立之后的第一个沃尔夫化学奖、美国化学会最高奖普利斯特立奖等。然而,诺贝尔奖却始终没有垂青这位化学英雄,有人猜测,也许由于口服避孕药的发明引起了宗教界的反弹,保守的诺贝尔奖评选委员会在宗教势力的影响下,也失去了宣称的公允,这不是杰拉西的缺憾,却是诺贝尔奖的不幸。

尽管杰拉西在大学任教五十年,但他从未离开过工业界。1957年,他从当时任教的怀恩州立大学休学术年假,回到墨西哥城的老东家辛泰克斯公司,担任研发副总裁。他还说服辛泰克斯公司在斯坦福大学所在地加州帕拉阿图建立了分公司,从1968年至1972年,他一直担任分公司的总裁,直接领导公司的运营。辛泰克斯公司于1994年为制药大鳄罗氏制药公司所并购。1968年,杰拉西还成立了一家新公司佐依康(Zoecon),这是一家生产新型杀虫剂的公司,采用修改后的昆虫生长荷尔蒙来达到杀虫的目的,这种灭虫方法不像传统杀虫剂那样会对环境产生污染。佐依康最终为制药公司山多士(Sandoz)收购,也成了今天诺华公司的一部分。由于拥有辛泰克斯公司的大量股票,这家公司生产的避孕药销售一直很好,后来又为大药厂收购,这些都为杰拉西带来了巨额财富,使他成为一名不必为钱操心的财务自由人。

杰拉西的前两次婚姻都以离婚收场。1977年,五十四岁的杰拉西邂逅了三十八岁的斯坦福大学英语系美女教授戴安·米德尔布鲁克（Dian Middlebrook）。米德尔布鲁克还是著名的传记作家和诗人，她的传记文学作品曾登上《纽约时报》畅销书榜首，数月不衰。米德尔布鲁克的美丽、聪慧、优雅让杰拉西深深着迷，同样两次失败的婚姻，让两人有了追寻灵魂伴侣的渴望。然而，在相处了六年之后的某一天，米德尔布鲁克居然告诉杰拉西，她爱上了另一个男人，两人就此分手。突然遭遇的失恋，令花甲之年的杰拉西备受打击，愤怒出诗人，他将满腔的失意和痛苦，以及与米德尔布鲁克相处的点点滴滴，都倾注到文字之中，由此迈开了文学创作的第一步。一年之后，当米德尔布鲁克回心转意，要与杰拉西破镜重圆、合归于好的时候，杰拉西献给她的是他的处女作——一部记录了他们六年恋情的小说。米德尔布鲁克大吃一惊，她当然不同意发表这部小说，但她也对杰拉西的文笔和写作水平大加赞赏。1985 年，经过八年的苦恋，他们终于结成连理，走进各自的第三次也是各自人生的最后一次婚姻。在新婚妻子的鼓励和劝说下，杰拉西决定从今以后妇唱夫随，将人生的重点转移到写作中来。他感叹道：我应该再多过一重人生，不仅在技术层面上造福人类，也要在社会中留下一道文化印迹。在其后的岁月里，他们夫妇在旧金山、伦敦和维也纳的家中一起写作，辛勤笔耘，杰拉西先后写作发表了十八部小说、八部戏剧和一千多首诗歌。米德尔布鲁克也有多部传记出版，直到 2007 年去世前的一个月，还在从事古罗

杰拉西与米德尔布鲁克教授　©斯坦福大学

马诗人奥维德的传记撰写。

杰拉西的写作，很多是以他所熟悉的科学和科学家生活为背景的，由此开创了小说创作的一个新流派——虚构作品中的科学（science-in-fiction），它既不是科普小说，也不是科幻小说，而是通过虚构的学术环境和科学家生活，来审视科学家的行为和学术界的文化氛围。这些作品包括《诺贝尔的囚徒》、《布尔巴基弃子法》、《逝去的马克斯》、《孟纳金的种子》和《一氧化氮》等。在这些作品中，他通过小说的方式，探讨了当前学术界的一些生态环境和问题，例如科学家对诺贝尔奖的疯狂追求、科研领域的竞争关系、学术界的师徒关系、学术界中男女师生关系以及科研道德和诚信问题，向大众展示了学术象牙塔内这个特定群体的部落文化。他还与1981年诺贝尔化学奖得主、康奈尔大学化学教授罗尔德·霍夫曼合写了一部剧本《氧气》，2001年在美国化学会年会上公演。杰拉西的作品，受到了许多读者的好评，也引起了不少的讨论和争议。

利用辛泰克斯公司带来的巨额财富，杰拉西也购买了大量的艺术品。他特别钟情于现代主义造型大师、德国包豪斯学院教授保罗·克利的绘画，收集了大量的保罗·克利作品，这些作品许多陈列在旧金山现代艺术博物馆，供公众欣赏。他曾立下遗嘱，在他逝世后，这些保罗·克利的作品会捐赠给维也纳的阿尔伯缇娜美术馆和旧金山现代艺术博物馆。他还在加州伍德赛德郡购买了两千英亩的土地，开办养牛场，他戏称这个农场为SMIP（意为辛泰克斯使之成为可能，Syntex Made It Possible）。1978年，杰拉西与第一任妻子所生的唯一女儿帕梅拉自杀身亡，给了他很大的刺激和震动。帕梅拉生前是一名诗人和画家，由此他认识到艺术家独立遗世的生活方式，是造成帕梅拉抑郁和自杀的原因，艺术家的生活创作方式需要改变。他拿出SMIP农场一半的土地，建造了一座杰拉西艺术家之村，在美丽的大自然环境中，为艺术家提供一个免受打搅的创作交流和工作场所。艺术家之村每年为八十名从事视觉艺术、文学、音乐和舞蹈的艺术家提供居住和创作的空间，自创立以来，已先后资助了超过两千名艺术家到这里来生活创作。杰拉西艺术家之村，已成为北美大地上艺术家的一艘诺亚方舟。

杰拉西九十一年漫长的一生，谱写了多部人生的绚丽篇章。他在斯坦福大学的同事理查德·泽里（Richard Zare）教授评价道：很少有人能像杰拉西那样，集科学和文学的才华于一身。这就是为什么人们常把杰拉西称为二十世纪的文艺复兴人，因为他是一位像文艺复兴时期的大师达·芬奇那样集科学家、工程师、艺术家于一身的超级大牛人。

值得一提的是，杰拉西与中国科学家有着深厚的渊源。他发明的避孕药药片的动物药效试验，是由华裔生殖学家张明觉博士主持完成的。早在上世纪五十年代初他在怀恩州立大学任教时，我国女化学家黄量博士，在康奈尔大学取得博士学位后，进入他的实验室从事博士后研究，他们一起合作，发表了十几篇高水平论文。黄量先生于新中国成立初期回到国内，任职于协和医学院与中国医学科学院药物研究所，为中国的避孕药研究做出了杰出贡献，并培养了大批人才，当选为中国科学院院士。在学术家谱上，中国有一脉杰拉西的正传徒子徒孙，在药物化学研究特别是避孕药研究领域，将他的学术思想发扬光大。

书中自有黄金屋

在当今的学术界从事科学研究，科研经费是必不可少的经济保障。许多科学家的最大愿望，就是有充足的经费来进行科学实验，为此，他们需要撰写各种基金申请，向政府部门或私人基金会游说求告，争取到有限的一点课题经费。每当这个时候，囊中羞涩的老九们常常会仰天长叹，心里涌起一个念头：什么时候等老子有钱了，自己掏腰包搞科研，想做什么做什么，再也不用受气去申请科研经费！这样一种类似于痴人说梦的境界，真要实现起来可真不容易。但是，哥伦比亚大学教授大卫·肖尔 (David E. Shaw) 就做到了这一点。

大卫·肖尔二十一岁那年从加州大学圣选戈分校以优异成绩毕业后，来到斯坦福大学攻读计算机科学博士学位。在读博期间，他成立并运作了一家软件公司，因此花了八年时间才拿到博士学位。博士毕业后，三十岁不到就来到纽约的哥伦比亚大学担任计算机科学助理教授。他是一位远远走在时代前面的学霸，在计算机还处于单板机的时代，他已经开始研究如何在非冯诺依曼超级计算机构架上进行大规模并行计算问题。然而，身处世界金融中心的纽约，华尔街的诱惑还是巨大的。1986年，资本大鳄摩根斯坦利银行开出六倍于

肖尔教授　©德劭研究所

他的教授工资的薪水，将他挖到大摩的分析交易技术部门，从事将计算机技术用于金融市场的研究工作，从此，他的注意力便集中到定量分析股票市场中的各种技术，如统计套利和自动化交易等。一年半之后，他觉得在大摩这样的银行里干事，有太多的限制，于是，他离开大摩，成立了以自己名字命名的对冲基金——德劭集团（D. E. Shaw & Co.）。公司以2800万美元起家，开始雇用了六名员工，在格林威治村附近的一个顶楼办公室起步。德劭集团雇用的全部是优秀的数学家和计算机科学家，他们建立复杂的数学模型，用计算机跟踪分析市场的变化，找出隐藏的市场趋势或定价异常，挖掘常人不能看到的微小的获利机会并进行高频交易。与华尔街证券交易大厅里的喧嚣嘈杂和随机性不同，德劭集团都在计算机上完成计算和进行交易。公司成立之后的六个月，第一次交易就让他们狠赚了一笔，从此一发不可收拾，每年以高于华尔街平均收益的水平高速发展，并在其他公司纷纷赔本的金融危机时代仍能赚钱。至2015年7月，公司管理的资本已达370亿美金，员工超过1500人，成为全球前25名的对冲基金。在公司最初的八年里，肖尔就投入了1亿美元用于计算机硬件的购买和独门绝技算法的开发，使得公司成为华尔街远近闻名的定量技术最好的公司，肖尔也获得了华尔街"精算之王"的美称。在其高峰期，德劭集团的交易量甚至占到了整个纽约证券交易所交易量的5%。随着公司的成长，肖尔的个人资产也在不断增长，据福布斯杂志统计，2015年，他的个人资产达到47亿美元，在全球富豪榜上名列第405位，在美国名列第133位。

在德劭集团成立的早期，肖尔自己必须亲自参加到科研之中，应用他的计算机科学技术，解决金融市场的问题。随着公司的成长，他把更多的精力放在了公司的管理、运营和决策上。这个时候，他觉得自己离开科学研究越来越远，人也似乎变得越来越笨，这让他觉得甚为不安。于是，在工作之余的夜晚，为了消遣和好玩，他自己找一些小的理论问题，写写画画，尝试着给予解决。也就在这个时候，他的一位犹太朋友、哥伦比亚大学化学教授理查·弗里斯内（Rich Friesner），常常和他聊起计算化学和计算生物学中的一些困难问题。虽然当时肖尔还不能理解其中的化学和生物含义，但是这些问题，经过他的一些分析和思考，往往可以化解为计算科学的一些特例，得以圆满解决。与弗里斯内教授的交流，再次唤起了他对科学领域研究工作的兴趣，他十分怀念早年在哥伦比亚大学的研究团队和环境，于是，在财务上取得完全自由之后，在五十岁生日来临的时候，他做出了一个决定，退出德劭集团的日常管理运营工作，选定一个可以充分发挥自己计算机科学专长的领域，比如计算生物化学，再来一次华丽大转身，全职回归到科研事业中来。肖尔说干就干，他自掏腰包，于2001年成立了德劭研究所（D. E. Shaw Research），招来五十几位顶尖大学毕业的计算机、化学和生物博士，开始进军生物大分子的分子动力学模拟研究。德劭研究所成立伊始，他们在著名科学期刊《自然》和《科学》上登出广告，高薪招聘化学和生物及计算机人才，到纽约市中心时代广场旁边的摩天大楼里与金融达人们同楼工作，并肩战斗，这种天上掉馅饼的大好机会，吸引了无数有志青年前去应征。

大卫·肖尔从事的生物大分子的分子动力学模拟研究，就是用计算机的方法，来研究生物大分子例如蛋白质和DNA的行为。举个例子来说，蛋白质分子是组成人体一切细胞和组织的重要成分，是生命活动功能的主要承载单位。科学家通过长期的研究揭示：蛋白质的一级结构即氨基酸序列，可以通过自我折叠和组装形成具有功能的三级结构，即一级序列决定三级结构。因着这项研究，美国化学家安芬森（Christian Anfinsen）还获得了1972年的诺贝尔化学奖。机体内蛋白质的错误折叠，会造成相应的疾病，如老年痴呆阿尔茨海默症和疯牛病。所以，研究蛋白质折叠，也可以说是破译"第二遗传密码"——折叠密码。这一课题，被称为二十一世纪分子生物学尚未解决的一大难题，采用实验的方法研究目前进展甚微，采用分子动力学计算这种理论模拟方法，则可以大有可为。然而，由于计算机计算速度的限制，加州大学旧金山分校的科尔曼（Peter Kollman）教授，曾在匹兹堡超算中心采用当时最大型的超级计算机，日夜兼程地运算分子动力学程序一个月，仍然只能模拟到蛋白质折叠进程前500纳秒（1纳秒等于十亿分之一秒）的行径，而蛋白质的完整折叠过程，发生在毫秒（1毫秒等于千分之一秒），因此，要想完整地模

·105·

安东芯片和超级计算机　©德劭研究所

拟蛋白质折叠过程，科学家们还有很长一段路要走，必须要改进分子动力学方法。而这个领域，正是肖尔的拿手好戏。

工欲善其事，必先利其器。肖尔采用了一手硬一手软的办法来改进分子动力学模拟方法。在硬件方面，由于分子动力学要进行大量简单重复的作用力计算，肖尔考虑把这部分工作固化到计算机芯片上来完成，这样可以大大提高计算速度和效率。他自掏腰包，到英特尔公司设计定制了一批特殊目的专用芯片，用这些芯片搭建了一台包含512个节点的特殊超级计算机，取名安东（Anton），以此纪念十七世纪发明了世界上第一台显微镜的荷兰人安东·范·列文虎克，他也将这台超级计算机称为"计算显微镜"。这台特殊的超级计算机别的事情都干不了，只能专门用来进行分子动力学计算。安东超级机的计算速度，一下子将当时世界上最快的分子动力学模拟计算提高了数百倍。在软件方面，尽管学术界已经有了几个常用的分子动力学软件包，但其中的很多算法都没有经过优化，德劭研究所另起炉灶，用最先进的算法和技术重新编程了分子动力学程序，取名德斯蒙得（Desmond），这个崭新的软件包，比坊间流传的分子动力学程序又快了上百倍。有了安东和德斯蒙得这两件利器，并将它们结合起来，肖尔和他的团队，在生物大分子动力学模拟研究上如虎添翼，所向披靡，无人可比。很快地，他们就将蛋白质折叠的模拟推进到前人从未达到的毫秒量级，使人类从理论模拟的结果上第一次看到蛋白质折叠的每一个细节。另外，他们也开始模拟研究药物分子是如何与药物靶标蛋白质相结合的，为研究抗肿瘤和抗老年痴呆药物开辟道路。以肖尔领衔的德劭研究所科研团队，频频在国际高水平科学杂志比如《自然》和《科学》上发表高影响的重要论文，一次次让学术界亮瞎了眼。

大卫·肖尔对计算生物化学的杰出贡献，得到了学术界的广泛认同和赞许。凭借着近年这些科研成果，他于2007年当选美国艺术与科学院院士，于2012年当选美国工程院院士，更于2014年当选美国科学院院士。他还先后被克林顿总统和奥巴马总统聘请为科学技术顾问，担任全国教育技术委员会的主席。除了领导德劭研究所之外，肖尔目前还是哥伦比亚大学计算生物学中心不拿工资的兼职教授。十几年前，在美国化学会年会上，笔者曾经有幸聆听了肖尔的一次报告，介绍当时还在摇篮之中的安东和德斯蒙得两件神器，他身为亿万富翁，却低调谦逊，不断强调自己是生物研究领域的新兵，愿意用他的计算技术帮助这个领域更好地向前发展。从科学到金融再回到科学，很少有人能够实现这样的跨界大转移。有钱可以任性，任性地去做自己钟情的学术研究，任性地去做对人类有意义的重大课题，不受经费约束，不受人员约束，自由自在，海阔天空。大卫·肖尔的经历，圆了许许多多科研人员的梦想，也必将激励更多的科研人员，投身商海，成功后回头是岸！

化学诗歌总相宜

当年在芬兰赫尔辛基大学皮卡教授实验室学习的时候，有一次同事们围坐在一起喝咖啡聊天，皮卡教授突发奇想，让大家拿出纸和笔，写出每个人心目中当今最优秀的五位理论化学家的名字，大家分头写好之后摊开一看，尽管各人的名单不尽相同，但名列首位的竟然都是罗尔德·霍夫曼——康奈尔大学化学教授、诺贝尔化学奖得主。罗尔德·霍夫曼（Roald Hoffmann），是化学界公认的卓越的理论化学家，另外他还获得了许多别称：化学毕加索，化学哲学家，化学诗人等等。是的，他还是一位诗人，至今已经出版了五本诗集！他的经历告诉人们，理科男在"蛀书"之余，也会吟哦诵咏，在他们的词句中，烧杯试管会歌唱，化学物理入诗来。

罗尔德·霍夫曼1937年出生在波兰茨罗佐夫（战后划归苏联）的一个犹太家庭，父亲希雷尔·萨夫然（Hillel Safran），是一位市政工程师，母亲克拉拉·罗森（Clara Rosen），是一名教师。他的父母很崇拜挪威极地探险家罗尔德·阿蒙德森（Roald Amundsen），因此给他取名罗尔德·萨夫然。德国纳粹占领波兰之后，他们全家被投入集中营。父亲设法买通集中营的看守，帮他们母子和几个亲戚逃出集中营，而自己却

霍夫曼教授　©美国化学会

不得不呆在集中营内，直至被折磨致死。在一家乌克兰邻居的帮助下，小罗尔德和母亲在当地一所学校的储藏室阁楼上躲藏了十八个月。在五至七岁这段阁楼岁月里，母亲用学校储藏室里的课本教小罗尔德阅读，记忆地理名称，并不时测试他。母亲将丧夫之痛记录在父亲学习相对论时的一本笔记本的空页上，这些，在小罗尔德心里刻下了不可磨灭的印迹。战争是残酷的，战前生活在茨罗佐夫的四千多犹太人，战后仅剩下不到两百人，其中只有五名儿童侥幸存活。纳粹投降之后，小罗尔德母子辗转捷克斯洛伐克、奥地利和德国等地，母亲再嫁，小罗尔德也随继父改名为罗尔德·马格列斯（Roald Margulies）。在离开波兰时，他们花钱买了一份死去的德国人的身份证明，因此也就采用了那位德国人的姓氏霍夫曼，以便进入美国。1949年2月，历经千辛万苦，他们全家终于来到纽约。罗尔德·霍夫曼三次改变姓氏的过程，也是犹太人二战血泪史的一个折射。再后来，为了纪念自己的生身父亲希雷尔·萨夫然，他给儿子取名为希雷尔·霍夫曼。

　　来到美国之后，霍夫曼结束了苦难的童年岁月，学业从此顺风顺水，学霸才能大展露。中学毕业后，他考入纽约最好的公立学校史岱文森高中，就读期间获得了美国中学生的最高科技奖——西屋科学奖。1955年高中毕业，进入哥伦比亚大学读医学预科，并归化为美国公民。在国家标准局和布鲁克海文国家实验室的暑假实习，激发了他对化学的兴趣，只用了三年时间就得到化学专业学士学位，然后北上哈佛攻读博士学位。霍夫曼的读研生活，采用了一种与众不同的流浪方式，他先跟随古特曼教授（Martin Gourtman）学习理论化学，随后又跟随利普斯科姆教授（William N. Lipscomb）学习分子轨道理论。期间，他去瑞典的乌普萨拉参加了罗夫丁教授（Per O. Löwdin）主办的量子化学夏季研讨班，并在那里认识了研讨班的接待员瑞典姑娘伊娃小姐，双双坠入爱河，一年之后结为连理。1960年，作为交换研究生，他进入当时被西方世界认为是铁幕之内的苏联，在莫斯科大学学习九个月，跟随达维多夫教授（A. S. Davydov）研究激子理论。1962年获得博士学位后，他被选为哈佛大学研究会青年研究员，有点相当于今天的博士后研究员，继续在哈佛工作三年，可以天马行空地从事任何他想做的研究工作。正是在这三年期间，他与哈佛大学有机化学大师伍德沃德教授（Robert Woodward）合作，对有机化学中的周环反应机理进行了深入研究，发现并提出了周环反应的分子轨道对称守恒原理，这项工作为他后来获得诺贝尔化学奖奠定了基础。也是在此期间，他的一双儿女先后出生。在完成了人生中立业成家这两件大事后，霍夫曼于二十八岁那年直接受聘常青藤名校康奈尔大学的副教授职位，搬到了美丽的漪色佳小城，三年之后晋升为正教授，在那里任教居住直到今天。

霍夫曼教授将自己的研究工作定义为应用理论化学。在学术界，理论和应用往往是很难调和的两个极端，但在霍夫曼教授的研究工作中，两者得到了和谐的结合。在研究了有机化学的周环反应机理之后，他又深入研究了金属有机化学的电子结构规律，提出了等叶瓣相似原理，从哲学的高度来提炼出化学中的基本规律，在有机化学和无机化学之间架起了桥梁。后来，他又应用等叶瓣相似原理，深入研究了固体材料中的化学现象，为离散分子和固体材料之间架起了一座桥梁。他的研究工作，没有太多冗长繁杂的计算，更多的是对化学现象后面隐藏的统一规律的深刻洞察和高度概括，往往几幅简单的分子轨道叶片图，就把问题解释得一清二楚，因此，人们尊称他为化学毕加索，或者化学哲学家。也正因为这些工作涵盖了化学的许多领域，他是美国化学会历史上唯一一位拿过有机化学奖、无机化学奖、纯粹化学奖以及美国化学会最高奖普利策立奖的学术大师，成为拿奖拿到手发软的实例典范。1981年，年仅四十四岁的霍夫曼教授，与日本科学家福井谦一（Kenichi Fukui）共同分享了诺贝尔化学奖。霍夫曼教授在哈佛大学攻读博士时的导师利普斯科姆教授，则于1976年因为硼烷的研究，获得诺贝尔化学奖。他们师生二人先后都得到诺贝尔奖，成为化学界的一段佳话。

霍夫曼教授还是一位诲人不倦的教师，几十年来，即使是成为诺贝尔奖得主之后，他也一直坚持为康奈尔大学化学系和外系学生讲授一年级的普通化学课程，他的讲课通俗易懂，又充满着智慧的火花，一直是康奈尔大学最受学生热捧的课程。他对语言极有天赋，通晓六种语言文字，闲时的一大爱好便是阅读德文和俄文文学作品。

早在哥伦比亚大学读本科时，霍夫曼选修了著名诗人范道伦教授（Mark Van Doren）的诗歌阅读课程，他很喜欢这门课程，从此就对诗歌产生了浓厚兴趣。定居康奈尔大学之后，他又结识了同在康奈尔任教的自然哲学家兼诗人安蒙斯教授（A. R. Ammons），他们一群诗歌爱好者每星期聚会一次，大家围坐在一起，手拿咖啡，听安蒙斯或其他人朗诵新作，随后进行点评。霍夫曼在四十岁那年（1977年）心里痒痒，禁不住诗歌的诱惑，下水"湿"身，也开始自己动手写诗，但是一直到1984年才第一次公开发表作品。为了提高写作能力，他到麻省理工学院参加了女诗人库敏（Maxine Kumin）开设的诗歌写作讲习班。从此以后，他是诗情好比三江水，佳作妙句滚滚来，先后出版了诗集《蜕晶态》(1987)、《间隙与边缘》(1990)、《记忆效应》(1999) 和《孤子》(2002)。作为一个科学家诗人，从这些诗集的名字中人们就可以看出，他的诗歌与自然科学有着密切的关联。在他的诗中，诗人霍夫曼咏叹原子分子世界的精美奇妙、科学理念的意味深长。另外，他也会在诗中讴吟对大自然的由衷赞颂和哲学反思，而童年黑暗的巨大阴影，也时时感伤地投射到诗行之中。他的诗歌，以自由体见长，在没有特定押韵的条件下，却将节奏韵律隐藏在诗节里，读起来令人耳目一新，受到诗歌界的高度评价。霍夫曼教授曾经不无幽默地说道：发表一首诗歌比发表一篇科学论文难多了，科学论文杂志的投稿接受率通常能在30—50%之间，而诗歌文学杂志的投稿接受率往往不到1%。他的

霍夫曼教授出版的四本诗集　杨岚摄影

这四本诗集，被翻译成多种文字在世界各地出版，四本诗集的选集《催化》，也已用西班牙文出版与读者见面。

除了诗歌，霍夫曼教授还是一位热心的大众科普人士。1990年，他主持拍摄了二十六集的《化学世界》系列电视片，在美国公共电视台PBS播放。他和斯坦福大学化学教授卡尔·杰拉西合作编剧的话剧《氧气》先后在美国和世界各地上演，随后他又创作了两部话剧。他还撰写了三部探讨科学与哲学和艺术关系的书籍，受到读书界的关注。从1991年开始，他每月会驱车从漪色佳小镇到纽约市格林威治村附近的康奈利雅咖啡馆主持《娱乐科学》沙龙，这也成了纽约览胜的热点之一。值得一提的是，中国汶川大地震之后，霍夫曼与艺术家布莱恩·艾伦（Brian Alan）一起发行了韦唯歌曲《爱的奉献》的英文版，将由此所得款项全部捐赠给中国受灾群众，体现了他对中国人民的深厚情谊。

1982年，当我读到霍夫曼教授的诺贝尔奖演讲报告文本《在无机和有机化学之间架起桥梁》一文时，深受震撼，夜不能寐，在随后的一学期里，将这篇文章细读了不下二十遍，不仅为其化学思想所打动，也为其行文的优美所折服。其中的很多文段，我都能背诵下来，成为日后撰写科学论文的范本。1992年，我在皮卡教授实验室学习期间，皮卡教授光荣入选为国际量子分子科学院院士，霍夫曼教授发来一张手写的贺卡，他的一笔歌德体钢笔字，美轮美奂，令人爱不释手。当时，皮卡教授的书桌上正放着刚刚出版的霍夫曼诗集《间隙与边缘》，他指着诗集意味深长地对我说：也许化学的终极语言，应该是——诗歌。

霍夫曼诗歌一首（黎健　试译）

理论化学

我坐在橡树静静的浓荫下

做着一个学者的梦

但是我　并不想吟诗作赋

我要找寻一条小径　穿越沟壑

在那里　茂密的林盖不再伸延

我看见　在沟壑的那端

一条汇聚的道路　那正是我们要去的地方

带上我的望远镜和地形图

自上看下　纵横的沟渠就像

扑地而生的树丛　拥抱着大地的胸膛

牛群走过沟壑　小径若隐若现

但是我却无法　追随它们的足踪

毒枝丛生　灌木封路

野藤上锋利的红刺成排成双

日复一日　我只能徒劳往返

从沟壑的那一端　我纵观全局
一条正确的道路　必将横贯彼端
终于　我找到了一条路
虽然不是当初追寻的那条幽径
但我已不再为此困扰心慌

我在荒野中　开劈出新天新地
某日　在这片荒原上
一位朋友　从附近一座山头出发
找到另一条路　也闯入这片原野
我喃喃自语　只有一条道路可达此方

浪子回头金不换

    哈佛大学作为世界大学的魁首，师资力量自然是十分强大。哈佛的教授，几乎个顶个都是各自领域的翘楚，他们或是在自己的学术领域里精耕细作，枝繁叶茂，引领风骚数十年；或是在空白的学术荒原上，披荆斩棘，开疆扩土，拓展出一片学术新天地，甚至创立出新的学科，为人类的知识体系大厦增添新的楼层。哈佛化学系教授斯图亚特·施莱伯（Stuart Schreiber），就属于后面这类人物。施莱伯目前是哈佛大学化学与化学生物学系哈里斯·吕波讲席教授、哈佛大学－麻省理工学院联合成立的布洛德研究所化学生物学主任，以及霍华德·休斯医学研究所研究员。他的名字，总是和化学生物学（注意：不是生物化学）联系在一起，也可以说，他就是化学生物学这门新兴学科的创始人之一。正是由于化学生物学的出现，哈佛大学、康奈尔大学等老牌大学的化学系，纷纷改名为化学与化学生物学系。然而，就是这位纵横化学界的学术大佬，上大学前，根本不知化学为何物，更不懂上课还要记笔记。他的成长经历，确实也是一篇传奇故事。

    斯图亚特·施莱伯于1956年出生在弗吉尼亚州菲尔法克斯的郊区，并在那里度过了青少年时期。父亲是一名严格的海军陆战队退伍军官，母亲却对这个小儿子溺爱有加。他的父母遵循散养的原则，任由孩子自由成长，因此，青少年时期的施莱伯基本上就是在骑车、打球、聚会和泡妞中度过的。他很小就开始在一家披萨店打工，每天到校也只是去点个卯。高中时期，他不记得曾经带过书本回家。每学期开学时，学校给每个学生分配一个带密码锁的小柜子，同时发放课本。施莱伯总是将领到的课本随手扔进柜子里锁上锁，从此任由书本在柜子里躺上一学期，等到学校要放假收回课本时，他早就忘了密码锁的密码，每次都要去学校办公室抄回密码，将课本取出交还。他记得高中大概就念过一些简单的电子学、汽车保养维修等课程，还有一门课程叫单身汉衣橱规划。对化学的唯一一点印象，就是有一次老师把他们带到学校大礼堂，观看一部迪斯尼卡通片，作为对化学的介绍。他只记得影片里的化学好像是一堆乱七八糟的东西如星星一样围绕着太阳转。那个时候，他从来没有想过自己可以上大学，也认为自己不需要上大学，他的理想，就是当一名木匠或泥瓦工，专修屋顶或地板。

虽然对于读书上课兴趣索然，施莱伯却有一种在考场上临阵磨枪的神奇本领。他对于几何形状和抽象概念尤其拿手，尽管从来没上过几何课，但对几何考题，在考场上经过一番冥思苦想，他总能找到正确的答案。同班的同学都在哭爹喊娘地抱怨几何题如何难做时，他却觉得那些答案非常有逻辑。正因此，学校的辅导员建议他去考考SAT（美国大学入学标

施莱伯教授　◎美国化学会

准考试）。经过考前一晚上的操练，第二天长达六个小时的考试，对他来说却是稀松平常，他居然考到了班上的最高分，这让他的同学们实在觉得不可思议。有了SAT成绩在手，他抱着撞撞大运的念头，申请了弗吉尼亚大学和弗吉尼亚理工，居然又神奇地被前者录取了。弗吉尼亚大学是美国公立大学的佼佼者，从此以后，施莱伯的人生道路就出现了峰回路转的改变。

正像许多大学新生一样，到弗吉尼亚大学的最初几周，施莱伯也经历了一番痛苦挣扎。同学中有很多人认真读书，把学业看得很重，这让他觉得很不舒服。为了避免一天到晚呆在学校里，他选了森林生物学专业，以为这样可以经常跑到野外去考察实习。然而，学习森林生物学这个专业，化学是一门必修课。一想到星星绕着太阳转那幅化学图景，他觉得自己无可救药地会当掉这门课的，所以，开学三个星期，他一直没去上课。施莱伯打电话给姐姐，告诉她自己准备退学了，姐姐一番苦口婆心的劝阻，让他回到课堂再去试试。于是，他找到化学老师，看看是否还可以去上课。老师告诉他，可以原谅他旷课三星期，但必须参加四天后的第一次测验。老师的这一要求，反而让施莱伯释然了：反正自己什么也不会，考试当掉退学和自己退学，又有什么区别呢？

第一次空手走进罗素·格林姆斯教授的普通化学课堂，施莱伯惊讶地发现每个同学都带了笔记本，正在拼命记笔记。他抓住一个同学问：你们怎么知道要带笔记本，有谁发通知了吗？我怎么没收到通知？直到此时，施莱伯才知道大学生应该是如何上课学习的。就在这堂课上，格林姆斯教授正在介绍原子结构中的五个d轨道，他在黑板上画了d轨道的大瓣，再用彩色粉笔画出小瓣和圆环。施莱伯看着这些图画觉得：天哪，这也是化学？这可和那些星星绕太阳很不一样，这些东西看起来更像几何，而且很漂亮，也很有趣。下课后，同学们都在抱怨这部分内容很难理解，他跑到书店去买了教科书，回到宿舍，怀着一颗忐忑不安的心情，打开了书本的第一章，准备要遭遇那些晦涩的内容。可是，当他逐字逐句地读完第一章时，一切却是那么明了清晰，一切都是那么符合逻辑、完美无缺，并没有什么东西不能理解的。四天后的考试，他得了88分，只做错了三道题，这三道题，也是他在这门课程所有的考试中，仅仅做错的三道题。这一胜利，让施莱伯认识到，自己还真是读书的料，而且读书的胃口还很大。由此开始，他如痴似狂地喜欢上了化学，在大学本科的四年里，将弗吉尼亚大学化学系从本科生到博士生的所有课程全部念了一遍，而且全部考试成绩都拿了A+，以至于大学毕业时，教授们都不知该给他个什么学位为好了。

大学二年级的有机化学课程，让施莱伯发现了化学家园里的一片新天地。在这门学科中，化学家像建筑师一样设计出各种复杂的分子，然后采用各种方法和手段来把这些复杂分子建造出来，这一切让施莱伯深深着迷。他认为自己就是为合成有机化学而生的，他为一切不研究合成有机化学的人感到惋惜和遗憾。自大学二年级起，他把大部分时间都花在学习有机化学和做实验上，很快地，他就掌握了大量的化学反应和合成方法。1977年秋天，他被哈佛大学录取为研究生，进入有机化学的圣殿、罗伯特·伍德沃德（Robert Woodward）教授的实验室学习，在大师的指导下攻读博士学位。伍德沃德教授是当代最伟大的合成有机化学家，因着奎宁和维生素B12的全合成，获得了1965年的诺贝尔化学奖。不幸的是，就在施莱伯来到他的实验室之后的第二年，伍德沃德教授在六十二岁的学术盛年时突发心脏病撒手人寰。这样，施莱伯名义上的指导教授换成了同门师兄日裔学者岸义人（Yoshito Kishi）教授，实际上施莱伯基本上靠自我指导的方式，仅用了三年半时间就完成了博士论文。

　　哈佛大学化学系有一个不成文的传统：为了避免学术近亲繁殖，他们极少把自己的毕业生直接留校任教，也很少从自己的助教授里升任正教授，哈佛化学系的正教授绝大部分都是从别的学校挖来的学术超新星。当施莱伯博士论文答辩的时候，哈佛的化学教授们就都在琢磨着如何将这位明日之星尽快"放逐"出去，好让他尽快以正教授身份在不久的将来回归哈佛。1981年，施莱伯来到耶鲁大学担任化学系助教授，建立了自己的独立实验室，三年之后，他就取得了终身教职，再过两年，又升为正教授，仅用五年时间，他就走完了常人需要八到十年才能爬过的学术晋升阶梯。在耶鲁期间，他花了整整两年半时间，每天工作十八个小时，完成了一个异常复杂的分子蜚蠊酮－B的全合成。蜚蠊酮是蟑螂的性激素，极痕量的一点点蜚蠊酮，就会让公蟑螂兴奋不已。当他完成合成工作的那一天，耶鲁化学楼里突然出现了成群结队的蟑螂，有的公蟑螂在蜚蠊酮气味的刺激下，后腿直立，双翼后翘直至折断，兴奋到了极点。看到这些蟑螂的断肢残翼，施莱伯知道：他的全合成成功了！1988年，施莱伯听到了哈佛的召唤，他终于在三十二岁的时候，回到哈佛担任化学教授，这也是哈佛历史上少有的如此年轻的正教授。为了帮助他继续开拓化学与生物学的交叉研究，哈佛专门成立了由他担纲的化学与细胞生物学研究所，后来，这个研究所与麻省理工的基因组学研究中心合并，就成了今天举世闻名的哈佛大学－麻省理工学院联合布洛德研究所（Broad Institute）。

施莱伯的研究工作，除了合成出许多极具挑战性的化学分子，他还用这些分子来研究生命过程，特别是细胞通路的调控过程，从而为研究人类疾病、开发新型药物奠定了基础。在他的研究基础上开发的三个药物，已经投入临床使用，挽救了许多癌症患者的生命。因为这些工作，很多人都预测他最终会得到诺贝尔奖。他还创办了福泰制药、阿利亚德制药和英非尼制药三家生物技术公司，三家公司都成长迅速，表现不俗。在哈佛读博士期间，施莱伯遇见了时装设计师咪咪·帕克曼小姐，两人于1981年喜结连理，从此以后，施莱伯的穿戴就变得颇有品味了，他们在波士顿后湾剧院区的房子，因为装修品位独具一格，多次登上波士顿的当地报刊。

布洛德研究所　黎健摄影

十五年的岁月，施莱伯从一位街头的小混混，成长为一位大名鼎鼎的哈佛教授、学术精英。这个经历，印证了"浪子回头金不换"这一说法。天生的聪颖，过人的努力，无限的激情，是他成功的三个要素。他的经历也告诉人们，虽然有的学生在中学阶段还是浑浑噩噩，懵懂不开，然而一旦他们开了窍，发现了自己的长处，奋起直追，经过不懈努力，就有可能成长为参天的栋梁之材。

　　注：文本中的一些内容，参考了Barry Werth所著*The Billion-Dollar Molecule*一书。

分子海洋钓鲸鲲

按照诺贝尔奖颁奖活动的惯例，每年的 12 月 10 日前后，当年的获奖人都要在瑞典首都斯德哥尔摩向学术界和公众做一场报告，介绍自己的研究工作和研究历程。2001 年 12 月 8 日，来自美国斯克里普斯研究所的化学奖得主巴里·夏普莱斯（K. Barry Sharpless）教授在斯德哥尔摩大学瑞拉大讲堂做了题为"寻找新的反应性"的报告。报告之中，夏普莱斯教授不时插入一些有趣的照片，其中一张他五岁时的照片更是萌翻了天：小小的巴里举着人生中钓到的第一条大鱼，开心地笑着。他告诉听众，小时候的最大理想，就是拥有一条自己的渔船，可以出海去钓鱼，钓上一条稀世罕见的腔棘鱼。他万万没有想到，日后的自己会成为一名化学家，在分子的海洋里捕捞垂钓，钓上一条条化学反应的大鱼鲸鲲。

巴里·夏普莱斯 1941 年 4 月 28 日出生于宾夕法尼亚州的费城，他的祖辈是十七世纪来到宾夕法尼亚的贵格会友。巴里从小念的是贵格会的学校，贵格会友谦虚、节俭、主动、有进取心和责任心的品格，对他日后的人生有着深刻的影响。他的父亲是费城的一名开业医生，母亲生长在新泽西海滨，他们在流入大西洋的马纳斯宽河畔有一栋度假屋，在那里他

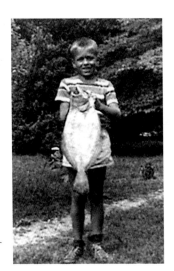

夏普莱斯童年时钓上的第一条大鱼　©诺贝尔基金会

度过了童年时代许多快乐的周末和暑假，以至于后来当人们问他故乡是何方时，他的回答总是新泽西的马纳斯宽，而不是费城。六岁那年，父母就送给他一条八英尺长的带有外挂摩托的小舢板，让他在马纳斯宽河里开来开去，抓鱼捕鳗捉螃蟹。十四岁那年的暑假，他已经可以作为一名伙计跟随丁可叔叔的渔船出海捕鱼了。凭着从父亲那里遗传来的过目不忘的超强记忆能力，中学的课程对巴里来说就是小菜一碟，在费城贵格会友中心学校上学期间，他常常在做白日梦，梦想着自己扬帆远航出海捕捞的快乐情景。

　　尽管年轻的巴里满脑子里想的是开船捕鱼，但幸运的是，在他学生时代的几个关键时刻，总有吉人为他选定了未来的方向和道路。高中毕业时，学校辅导员就建议他不要去上大而全的大学，而应该去读一所小而精的文理学院，于是，1959年的秋天，作为医学预科生，巴里入读常青藤盟校中唯一的文理学院——达特茅斯学院，以便日后学医继承父亲的衣钵。在这里，刚刚获得化学博士来达特茅斯任教的托马斯·斯宾赛（Thomas A. Spencer）讲授的有机化学课深深吸引了巴里，那年的冬天，巴里因为滑雪摔断了腿，但他每天拄着拐杖坚持到图书馆去复习有机化学，记住课上的所有内容，回答课后的所有问题，很自然地就考了这门功课的全班第一。课余时间他还到斯宾赛教授的实验室做一些研究工作，他甚至能记住试剂库里每一样试剂的性征和味道。然而，每年的暑假，他还是要跑回新泽西海边去开船捕鱼。大学毕业那一年，斯宾赛教授说服巴里推迟一年去上医学院，直接把他推荐到斯坦福大学凡塔梅伦（Eugene E. van Tamelen）教授实验室去读研究生。凡塔梅伦教授就是斯宾赛自己的博士导师，他要将自己的这位本科高足变成亲亲的同门师弟。巴里的父亲知道这项安排之后，气哼哼地打电话去质问斯宾赛：你对这孩子做了什么？你当你是谁呀，可以这样来毁坏我孩子的未来？当斯宾赛心平气和地介绍了这孩子的化学天赋时，巴里的父亲诚恳地收回了指责，并在往后的日子里，成了巴里最坚强的支持者。巴里人生事业的航船，就这样波澜不惊地被确定了航向。

巴里在斯坦福最初的日子过得并不舒坦，由于资格考试中物理化学一科没通过，他无法进实验室做实验，只好花了半年时间在图书馆读文献，随后在凡塔梅伦教授指导下完成了博士论文"氧化鲨烯特征酶催化环化"。作为博士后，巴里又在斯坦福跟随无机化学家科尔曼（James P. Collman）研究了一年金属有机化学，再到哈佛大学跟随生物化学家布鲁赫（Konrad E. Bloch）研究了一年酶学。这些看似不甚相关的领域，却为日后巴里的研究方向奠定了基础。二十九岁那一年，他成为麻省理工学院的助理教授，建立自己的独立实验室，研究如何应用无机试剂来催化氧化有机化合物。在麻省理工七年时间取得终身教职之后，母校斯坦福大学向他伸出了橄榄枝，他作为正教授加入斯坦福，继续双键的非对称氧化研究，然而，在斯坦福的三年里，巴里觉得自己的研究工作似乎遇到了一个瓶颈，他更怀念麻省理工那种自由自在的研究氛围，于是，他决定离开斯坦福再回到麻省理工。就在实验室即将横跨美洲大陆从西岸搬回东岸前的一个月，他们的研究工作取得了重大突破。

许多生物活性分子和药物分子都具有手性，这是指一个分子的两种空间构型互为对映体，具有镜面对称性，但在实际空间中却不能重叠在一起，就像人的左手右手一样。其中一种构型拥有特定的活性或药效，另一种构型则可能拥有完全不同的性质甚至毒性，因此，有选择地合成出具有特定手性的分子称为不对称合成，是药物生产过程中十分关键的一个步骤。在麻省理工和斯坦福的二十年间，巴里和他的学生们经过大量艰苦的摸索和实验，利用金属钛和锇化合物作为催化剂，开发出了烯烃的不对称环氧化（AE）反应和不对称双羟基化（AD）反应，十分漂亮地解决了这个难题，为手性分子的不对称合成铺平了一条道路。就在巴里将要从斯坦福搬回麻省理工的时候，他们实验室采用 AE 反应成功合成了具有单一手性的螟蛉蛾交配信息素，当实验室成员乘飞机到达波士顿机场走出飞机时，成群的螟蛉蛾向他们飞来，原来他们在实验室穿过的衣服，虽然经过洗衣机的洗涤，仍然残留有痕量的合成螟蛉蛾交配信息素，吸引了大批螟蛉蛾前来欢迎他们。夏普莱斯 AE 反应和 AD 反应已经成为现代有机化学最重要的反应之一，写入有机化学的教科书，并在化学和制药工业中得到广泛应用，比如治疗心血管疾病常用药 β 受体阻滞剂的生产，就要用到 AE 反应。2001 年诺贝尔化学奖授予巴里，表彰的也正是这项伟大的发现和对化学的贡献。

　　化学家都有一个喜欢刨根问底的习惯，他们发现了一个新反应之后，就会穷其全力来解释这个反应的机理，探讨这个反应是如何发生的。为了解释四氧化锇化合物是如何催化夏普莱斯 AD 反应的，1989 年巴里提出了一个分步的 [2+2] 环加成机理，并得到了一些实验数据的支持。然而，另一位有机化学大师、诺贝尔化学奖得主、哈佛大学教授科里（Elias J. Corey）却有不同看法，他提出了一个协同的 [2+3] 环加成机理，也得到了一些实验数据的支持。此后的八年时间里，巴里和科里就 AD 的机理是 [2+2] 还是 [2+3] 这个问题，进行了深入的辩论和探讨，两人时常在化学顶级学术刊物上交替发表论文，你来我往，展示各自的支持数据，让化学界体会了一把"天神打架，小鬼看戏"的盛况。1997年，巴里与计算化学家豪克（Kendall Houk）和物理化学家辛乐顿（Daniel Singleton）合作，采用动力学同位素效应这一技术，对AD反应进行了仔细的测试和计算，实验和计算结果更倾向于支持科里的[2+3]机理，尽管如此，他们仍然发表了这一结果，为这项长达数年的学术辩论做了一个了断。虽然巴里提出的[2+2]机理输掉了这场辩论，但他正视实验结果、尊重科学事实、勇于发表支持对手的数据的精神，迎来了化学界的一片赞誉之声。

1990年，应斯克里普斯研究所所长勒纳（Richard A. Lerner）的邀请，巴里加入了新成立的斯克里普斯化学系。在这里，他继续研究不对称催化合成方法，开发出第三类重要的夏普莱斯反应：不对称烯烃氨羟化（AA）反应。同时，他也开始专注于寻找一种快速可靠地发现新化学反应性和分子功能的方法，希望通过少数几个最佳化学反应，能够将不同的分子模块链接起来，构建出不同功能的完整分子。这一类的化学反应必须瞬时高效，可在温和条件如室温和水溶液中进行，产生的分子立体构象单一，在链接分子模块时，就像汽车后排座椅上的安全带搭扣左右对应精确插入相应的卡口，咔嗒一声弹簧锁紧，链接瞬间牢固完成，左右中间不容错位。因着安全带搭扣这一意象，巴里和夫人为这一类型的化学反应取名为click chemistry，中文译作"点击化学"（英文click一词在此特指安全带搭扣插入时咔嗒的声音，其实与鼠标的点击并无关系。由于文化差异，中文译名点击化学并没有完全体现原来的含义）。巴里和学生们还发现一价铜催化下叠氮化物与炔烃的环加成反应（CuAAC）是一类重要的点击化学反应，后来，他与来自中国的博士后学者董佳家又一起发现了六价硫氟交换反应（SuFEx）是第二个接近完美的点击化学反应。采用这些点击化学反应，化学家通过完全可预测和精准的合成，便能自下而上地构造出庞大的化学空间。点击化学技术还被应用到生物体系之中，巴里和生物化学家泰勒（Palmer Taylor）合作，在乙酰胆碱酯酶的结合位点处让两种反应物通过点击化学进行反应，在酶的结合位点的特定空间构型影响下，选择性地产生出具有很强结合力的抑制剂，由此发展出了原位点击化学技术，这项技术目前也成为研究酶和其他生物分子功能的重要方法。点击化学在诞生之初，并不能为一些化学家所接受，巴里及其合作者投稿给德国著名的《应用化学》杂志，这是该杂志的第一篇这个领域的学术论文——《点击化学：通过几个优秀化学反应来实现化学功能的多样化》，这篇论文惨遭业内三位重量级审稿人的一致枪毙，但是该杂志的主编格里兹（Peter Gölitz）力排众议，坚持发表了这篇非常有特色的论文，才使化学界逐渐认识到点击化学的意义。今天，这篇论文的引用数已高居这份著名学术杂志所发表全部论文的第一位，由此可见当下点击化学受到的关注程度以及对化学和生物研究的影响。

巴里十分热爱实验室的生活，他常常在实验室甚至试剂库里通宵达旦地工作，然而，一次实验室中的不慎，却让他付出了沉重的代价。那是1970年巴里刚到麻省理工担任助理教授不久的一天早晨，在实验室熬了一夜的巴里脱去实验服，换上便装，摘掉防护镜，正准备回家。当他经过一个一年级研究生的工作台时，看到这名学生正在用火焰封装一段玻璃核磁管，他就上前去了解一下工作进展。当他拿起封好的核磁管对着灯光观察时，意外发生了，核磁管发生了爆炸，由于没有带防护镜，玻璃碎片扎进了巴里的一只眼球，穿透了视网膜，脸部皮肤也被割伤。在医院里，医生警告他受伤的眼睛视力是保不住了，另一只眼睛由于潜在的交叉感染性炎症也有可能失明，这让年轻的巴里在伤痛之外，内心增添了巨大的恐怖。幸运的是，经过数月的治疗，一只眼睛废了，另一只眼睛的视力则完全保留住了，这让他还能够继续从事心爱的化学研究工作。后来，他把这段经历写成一篇短文发表，告诫化学专业的师生们，在实验室里无论任何时候都必须认真戴好防护镜，做好安全防护工作。

　　巴里和妻子简结缡已经度过了五十五个春秋。说起巴里和简的相遇，也还有一段故事：当巴里来到斯坦福大学攻读博士学位不久，有一次他去参加海滨沙滩聚会，在那里遇到了斯坦福二年级学生简·杜依舍（Jan Dueser）小姐，简当时是巴里的同寝室舍友瓦尔格林（Doug Walgren）的女朋友。简在沙滩上玩球的优美身影令巴里忍不住夸奖了几句，她便请

夏普莱斯教授与妻子简　©美国化学会

巴里帮她暂时保管一下腕上那块精美的手表，结果粗心的巴里不知把手表遗失在哪个沙堆里了。两人坠入爱河，一年半后在巴里二十四岁生日那天登记结婚，从此巴里就像一条航船，被锚定在幸福和成功的港湾。他们一起养育了一女二子，在孩子出生之前和长大离家之后，他们还养了几条狗，这些狗狗也是巴里实验室和课堂的常客。简在斯坦福主修文学，文字功底十分了得，因此，巴里的文章和演讲稿中的有些精美遣词和神来之笔，其实常常是出自简之手，就像前面提到的点击化学的click一词，也是简和巴里一起构想敲定的。被巴里撬走女友的瓦尔格林，后来成为一名出色的政治家，连任七届宾夕法尼亚第18区的国会议员，他和巴里夫妇保持着终生的友谊。2001年得知巴里获得诺贝尔奖的喜讯时，瓦尔格林打电话到家中祝贺，恰好是简接的电话，瓦尔格林和简开玩笑说：当年我若是娶了你，也许我就当上美国总统了。

早在上世纪八十年代末期，巴里就到中科院上海有机化学研究所访问进行学术交流，从那以后，他的实验室一直有中国学生和学者攻读博士学位或从事博士后研究，为中国的化学界培养了一批优秀人才。近年来，他在中科院上海有机化学研究所和上海科技大学又建立了实验室，每年都会在上海度过一段时间，他对中国科学家关爱有加，也十分赞赏上海的科研环境。2015年4月8日，巴里应邀来到药明康德做了题为"一个新的完美的点击反应：CuAAC有了一个同胞兄弟"的科学报告，公司里的小伙伴们终于有机会亲眼见到这位有

作者与夏普莱斯教授　熊剑摄影

机化学大神，不对称催化合成中的三个夏普莱斯人名反应，已经是小伙伴们平日工作里频频用到的常用反应了。

学术界的许多大咖通常是出色的演说家，他们的学术报告往往图文并茂，演讲时丝丝入扣，如行云流水，很令人享受。巴里却是另类的演讲者，他的报告经常是天马行空般地跳跃跨越，同时向多个方向拓展，而不是沿着一个逻辑主线推进，充分反映出他思维的非线性，因此，很多不熟悉他研究工作的人经常反映说听不懂。在他获得诺贝尔奖之后的一些学术会议报告中，很多听众慕名想来听听他讲不对称催化合成的神机妙算，结果听到的是点击化学中那些早已为化学家所熟知的简单明了，不免有些失望和迷茫。然而，当你深入理解了巴里研究工作中那些独到的洞见和思想，你就不禁会为其中的智慧和天才击节赞叹。刚刚庆祝了八十岁生日的巴里，已经成为化学界最受人尊敬的一棵常青树，他几乎获得了化学界和科学界的所有奖项，仅2001年那一年，就囊括了富兰克林奖章、沃尔夫化学奖和诺贝尔化学奖三个大项，2019年又获得了美国化学会的最高奖——普利斯特里奖章，实现了大满贯。大家现在关心的是：什么时候巴里能够因着点击化学再次摘取诺贝尔化学奖的桂冠？我们期待着这一天早日到来。

注：此文写于2021年6月，2022年10月5日，夏普莱斯教授因点击化学第二次获得诺贝尔化学奖。

二十世纪的药神

新药研发是一项费时昂贵充满挑战的艰难探索历程，许多科学家穷其一生，能够将一两款新药产品从实验室推进到病人床边，就是一个莫大的成就了。然而，在二十世纪下半叶的五十年里，却有一位药物研发的巨人，他白手起家，创立起了一个药物研发的帝国，亲自发明了八十余款化学合成新药，这些药品涉及麻醉、疼痛、精神病、过敏、肠胃疾病、病毒感染、真菌感染、寄生虫等疾病领域，拯救了全球无数的病患，其中的五款列于世界卫生组织（WHO）推荐的基本药物清单上，更有一款止泻宁是阿波罗登月火箭上宇航员携带的必备药品。这位二十世纪当之无愧的药神，就是比利时药物学家、杨森公司的创始人——保罗·杨森（Paul Janssen），他的同事和朋友们都亲切地称呼他保罗博士。

保罗·杨森1926年出生于比利时弗拉芒语区的小镇特恩哈特，父亲康斯坦特·杨森是小镇上一名备受尊敬的全科医生，在出诊的同时也代理匈牙利芮式公司的一些医药产品，后来，他终止医生业务，和妻子一起把药品代理和生产变成了一个家族企业。保罗在小镇的圣约瑟夫学院完成小学和中学教育后，正值纳粹占领时期，他在叔叔的帮助下，进入那

保罗·杨森博士　©杨森制药

穆尔和平圣母学院秘密接受大学教育，学院中的基督教士给不到十名学生讲授物理、化学、生物、哲学等课程，这些课程激励了保罗对化学和医学浓厚的兴趣。二战结束后，他转入鲁汶大学学习医学，并于1948年秋天参加完医学院考试，随后进入根特大学完成临床实习，两年后取得医学博士学位。1951年，为了完成比利时男子的两年义务兵役，年轻的保罗博士参军，作为军医驻扎德国科隆。在军营里他有大量空余的时间，于是来到科隆大学药理学研究所与席勒（Josef Schuller）教授一起从事药理学研究。回到比利时后，他又在诺贝尔医学奖获得者、根特大学教授黑曼斯（Corneille Heymans）教授指导下，在药理学领域完成了他的大学讲师资格论文并获得授课资格。然而，保罗博士对于大学教授的学术生涯并没有太大兴趣，他的心中有一个自己的梦想。

早在鲁汶大学医学院学习的最后一个学期，保罗去美国游学了六个月。他先后到了纽约的康奈尔大学医学院、哈佛大学、芝加哥大学聆听药理学讲座和课程，拜访著名药理学家的实验室，并进行学术探讨。那年的整个夏天他在加州理工学院旁听了一门生物化学课程，同时，他还在美国参观了西尔乐制药、普强医药、莱德勒制药等大型医药企业。美国教授与学生平等开放讨论科学的风气，以及大型药企的规模和能力，给他留下了深刻印象。这半年的游学并没有影响他的学业，回到鲁汶大学以后，他以优异的成绩通过了医学院的课程考试。

1953年，保罗博士回到家族企业工作，但他并不想从事父亲做过的维生素和抗生素生产、植物提取物方面的工作，他梦想着建立起一个自己的研发公司，用化学合成的方法创造新的分子，用可靠而又简单的动物模型直接验证合成分子的药效，为这样研发出来的产品申请专利，再将专利授权给大型药企，从中获得的经济回报用来维持公司的运行和扩大研发规模。这样一个雄心勃勃的计划，在当时看来具有很大风险，很多人都认为行不通。但是，保罗博士的父母给予了他很大的支持，他们借给他5万比利时法郎（相当于今天的8000美元），并提供家族公司的三楼作为实验室，为他配备了几位研究助理，就开始干起来了。保罗博士首先合成出一些化合物，然后将化合物送到阿姆斯特丹的德容福博士实验室进行药效测定，每个合成的化合物都用一个序号数字加上字母R（代表研究Research）作为代号。非常幸运的是，他们合成的第五个化合物R5，就能有效减少人体脏器肌肉痉挛时的痛苦，由此开发出子宫解痉剂氨了醋胺，成为缓解妇女月经疼痛的产品。实验室的第二个重要化合物是异丙胺R79，可以抑制肠胃道平滑肌痉挛，并阻断胃液分泌，这就是口服抗胆碱药物麦苏林，保罗博士将这个药物的生产许可授权给了美国的大药企史克制药公司，获得了一笔可观的专利许可费。R1132也就是止泻宁授权给美国药企西尔乐公司（该公司后来并入大药企辉瑞公司）时则还有一段有趣的小插曲：西尔乐公司的管理层一开始对引入这个产品心存疑虑，其间公司总裁的一位亲戚突然严重腹泻，在服用止泻宁后很快就康复了，这一亲身体验的神奇疗效终于敲定了这笔生意。随后，西尔乐公司还进一步与保罗博士签订了一个一揽子协议，公司每年预付25万美金，以换取保罗博士合成的R2000之前的化合物的第一优先权。1961年，保罗博士自己的新药实验室与父母的家族企业合并成为杨森医药公司，并入美国保健产业巨头强生公司，成为强生旗下的一家全资子公司。充分认识到杨森公司独特的研究能力和价值，强生公司明智地允许杨森公司保留了其独立的名称标识和不受干预的运营。保罗博士多次提到，与强生公司的合并就像购买了一份人寿保险，使得杨森公司的研究工作有了经济和资源上的保障，也为杨森公司的产品进入美国和国际市场，提供了一块跳板。

保罗博士具有一双独特的慧眼，能够识别出具有生物活性的核心化学结构，并通过魔术师般的化学改构创造出种类繁多具有新颖特性的药物分子。早在医学生时代，他就注意到杜冷丁与吗啡的化学结构中都有一个含氮原子的六元哌啶环，是产生镇痛效果的化学基团，根据这一观察，他在接下来的几十年里一直坚持寻找比吗啡具有更强镇痛效果同时副作用更小的镇痛剂，终于在1960年合成出了芬太尼（R4263），镇痛效力比吗啡强一百倍，随后又开发出舒芬太尼、阿芬太尼等产品，成为麻醉医生手中的一件镇痛神器。在一次漫步的途中，保罗博士意外地观察到自行车竞赛选手面部紧绷的像鬼脸一样的表情和狂躁行为，这与妄想型精神分裂症患者的体征和症状十分相似，通过与竞赛选手的随队医生交谈，他了解到当时很多自行车赛手为了提高运动成绩常常服用高剂量的安非他命，这让他联想到这种症状和行为可能与安非他命所含的苯丙胺有关，由此推测苯丙胺拮抗剂或许可以用于治疗精神病症状。根据这一推测，他们合成了一系列哌替啶类化合物，并用简单的实验室检测来评估合成分子引起的动物行为改变，经过数年的努力，最终合成出长效精神安定药匹莫齐特（R6238）以及精神安定药利培酮（R64766），从而发展出杨森公司丰富的中枢神经药物管线。

1960年，非洲刚果结束了比利时的殖民统治宣布独立，一批在非洲从事热带医学研究的比利时科学家从殖民地回到欧洲，保罗博士雇用了其中的二十四名科学家，开始研究寄生虫病学，寻找广谱的驱肠虫剂。尽管市场销售人员告诉他这方面的药品利润很薄，但目睹全世界约有一半的人口特别是贫困地区人口受到各种蠕虫的影响，保罗博士决定义无反顾地从事这个领域的研究。在这批走出非洲的科学家的共同努力下，四年之后他们就发现了左旋咪唑（R12564），这是寄生虫病学的一项重大突破。对咪唑系列的进一步改构得到了甲苯咪唑（R17635），这是一种具有广谱抗蛔虫、钩虫和鞭虫活性的抗蠕虫药。他们把这一系列的工作进一步拓展到抗真菌感染领域，发现了第一种具有口服抗真菌活性的酮康唑（R41400），广泛用于真菌感染患者，特别是全身性真菌感染的艾滋病和癌症化疗病人。这些抗真菌和霉菌的药物，不仅可以治疗人类的感染，还可以开发成为农药和植物保护产品，防止真菌朽坏粮食作物、水果和蔬菜，甚至防治家庭草坪和庭院玫瑰霉病，由此发展出杨森公司的植保部门。也正是因着这些抗真菌霉菌产品，保罗博士与中国人民结下了深厚的情谊。

随着杨森公司的发展壮大，保罗博士作为公司的掌舵人，肩负着许多管理和运营的责任，但是，他不愿意只是坐在办公室里发号施令，他更愿意把宝贵的时间放到实验室中。不同于其他药企层层叠叠的垂直管理构架，他在杨森公司建立了扁平的管理构架，这样使得自己仍然可以掌控科研第一线的最新信息，他称自己这样的一个角色，更像是交响乐团的指挥。他每天都喜欢到实验室转一转，进入实验室后的第一句话就是What is new，科学家们了解他的习惯，都会事先准备好最新的实验数据和成果，向他汇报并进行讨论。当他视察完一间实验室要转向另一间实验室时，实验人员会赶紧用一把铁勺敲击暖气水管，通知下一个实验室赶紧做好准备，老板马上就到，大家做好准备，免得两手空空无法向他汇报。他经常鼓励研究人员提出新的设想和课题，面对新的课题，他认为百折不挠克服困难的勇气甚至比解决困难的聪明才智更重要。

保罗博士也是一名新技术的热心拥戴者，1991年当他从杨森公司总裁和研发总监的位置上退休之后，他在离公司总部不远的一间乡村大屋内，建立了分子设计中心，投入重金购置当时最先进的超级计算机和图形设备，带领一支精干的小团队研究抗艾滋病新药，远在计算机虚拟现实出现的二十几年前，杨森公司的科学家们就已经在保罗博士的指导下用最先进的三维计算机图形学进行新药设计工作。二十一世纪初叶，笔者在费城郊区强生公司药物研发中心工作，这个中心也是杨森公司在美国的研发分部，有一次正值保罗博士从比利时过来讨论非核苷类反转录酶抑制剂（NNRTI）治疗艾滋病项目，大家围坐在他身边，给他展示我们的分子结构对接图像，他不时加予指点和评判，他对药物分子构效关系的深刻理解和详细把握，令人叹为观止。这个倾注了他生命最后十五年中大量精力的研发项目，最终研究出治疗艾滋病重磅新药依曲韦林，于2008年获FDA批准上市，为降低艾滋病的发病率和死亡率做出了巨大贡献。

　　除了对科学的热爱和奉献之外，保罗博士多才多艺，兴趣广泛，他对历史、文学、音乐和体育都有浓厚的兴趣。他具有非凡的语言天赋，除了母语弗拉芒语之外，他可以流利地听说荷兰语、法语、英语和德语。他是一名优秀的足球运动员和网球选手，杨森公司很早就有自己的足球队，他是其中的主力前中锋。他可以演奏钢琴和小提琴，歌唱的水平也很高。他还是一名国际象棋高手，当年第一次去美国游学时，父母给他的费用只够购买从欧洲赴美的船票，到达纽约后他居住在基督教青年会YMCA便宜的招待所里，晚上到曼哈顿国际象棋俱乐部与一些赌棋爱好者下棋，五分钟就可以赢一盘棋，每晚上赢四五盘棋，就可以挣到一天的旅馆费和伙食费，通过这种方式他挣够了在美游学期间的花销。在年轻的保罗博士自己的研发实验室开张后不久的那段日子里，他和助手经常要乘车去位于阿姆斯特丹的德容福博士实验室送测试样品，为了打发路上无聊的时光，他们一路下盲棋，就是两位棋手在没有棋盘的情况下，靠脑子记住每个棋子的位置和每步棋子的移动，直到决出胜负。1957年，保罗博士在从巴黎开往布鲁塞尔的火车上巧遇多拉阿茨小姐，他们双双坠入爱河并很快结婚，婚后的杨森夫人在相夫教子之外，也很关注艺术史研究和艺术品的收集，他们夫妻共同养育了五个孩子。

中华民族五千年的古老文明和灿烂文化，一直深深吸引着保罗博士。早在1971年的"文革"时期，保罗博士就第一次访问了在西方世界眼中还处于"铁幕"之下的中国，与中国卫生部顾问、第一位加入中国籍定居中国的美国医生马海德 (Shafick George Hatem) 博士成为好朋友。上世纪七十年代中期，几位抗旱打井的农民在陕西临潼的土地上，挖出了几个用泥土烧制的与真人一样大小的陶俑，由此发现了举世瞩目的秦始皇兵马俑。这些烧制于两千多年前的秦俑，造型逼真，形态各异，有七千多件，堪称二十世纪最伟大的考古发现和世界第八大奇迹。热爱历史的保罗博士和夫人在读到相关报道之后，于1976年参加比利时化学联合会代表团再次访华，并专程到西安参观刚刚复原的兵马俑。端详着这些秦俑，

杨森博士全家访问中国　©杨森制药

在惊叹这些文物精美绝伦的同时，保罗博士也注意到，由于泥土和空气中霉菌的腐蚀，出土后的陶俑颜色迅速褪去，机械性能也在加速朽坏，如果保存不当，这批重见天日的稀世珍宝很快会毁于一旦，重归泥土。他想到杨森公司植保部门研发的农作物抗真菌剂，也许可以用来保护这些珍稀文物免受霉菌的侵害，他迅速安排从比利时运来抗菌剂，耐心指导陕西省博物馆的工作人员如何使用这些药剂。杨森公司的科学家还从保罗博士带回的一些腐蚀的秦俑碎片样品中，分离出十九种不同的霉菌，再用旧花盆为实验对象，在模拟西安的湿度温度和大气环境条件下，研制出对秦俑损害最小的高效抗菌剂配方，免费提供给陕西省秦始皇兵马俑博物馆试用。后来，杨森公司与兵马俑博物馆联合成立了"保罗·杨森博士先进材料保护实验室"，专注研究出土兵马俑的保护工作。

因着与中国人民的这份情谊，1985年中国改革开放的初期，保罗博士决定在距离兵马俑出土地点仅15英里的地方建立一家合资企业——西安杨森公司，这是中国境内最大的一家中外合资药企，八栋建筑占地约32.5万平方英尺，集研究、生产和销售于一体，旨在将杨森公司优质先进的医药产品引进中国。经过多年的耕耘，西安杨森的药品治疗了大批的中国病患，美林和吗叮啉等产品更是成为中国千家万户必备和常用的药品，杨森公司还把先进的经营理念带入中国，"忠实于科学、献身于健康"的宗旨为中国医药行业培养了一大批管理和营销人才，堪称中国医药界的黄埔军校。

2003年11月11日，保罗博士在罗马梵蒂冈参加教皇科学院成立四百周年纪念活动期间突然去世，享年七十七岁。保罗博士为人类做出的贡献，永远值得纪念。1991年，比利时国王为他封爵，2005年，比利时电视台投票选举有史以来最伟大的比利时人，他位列第二，仅次于十九世纪为拯救麻风病人而献身的比利时传教士达米安神父。在他生前，曾获得全世界多所大学22个荣誉博士学位和超过35项科学大奖，中国药科大学于1993年授予他药物化学荣誉博士学位。他也多次被提名诺贝尔奖，但最终都遗憾错过，为此，他的多年竞争对手兼好友、1988年诺贝尔生理学与医学奖得主詹姆斯·布洛克（Sr. James Block）爵士在《药物化学学报》纪念他的专辑上撰文指出："他被多次提名诺贝尔奖，但也许因为他的成就太多，反而不容易用一两句话来简单概括总结他的功绩，他一生的工作都值得授予诺贝尔奖。诺贝尔的遗愿是奖励那些为人类的利益做出最大贡献的人，从任何一个尺度来衡量，保罗博士都是一个合格的候选人。"

生子当如布鲁斯

2011年10月3日凌晨两点半，布鲁斯·博依特勒（Bruce Beutler）教授还没有入睡，他的实验室将从加州拉荷亚的斯克里普斯研究所搬迁到位于达拉斯的德州大学西南医学中心，他本人也从香港领完邵氏生命科学大奖回到美国加州的家中，正在倒时差。睡眼朦胧之中，他看到手机里有一个邮件，标题是：诺贝尔奖！他在想，今年诺贝尔委员会是不是用群发邮件的方式向各国科学家公布结果？点开邮件一看，发现邮件是汉森教授写来的：亲爱的博依特勒博士：我有一个好消息要告诉您——诺贝尔奖评选委员会今天决定授予您2011年度诺贝尔生理及医学奖，您将和霍夫曼（Jules Hoffmann）与斯泰因曼（Ralph Steinman）博士一起分享这一奖项，祝贺您……顾不上读完邮件中更多的内容，布鲁斯冲下楼，想到诺贝尔奖网站上去确认一下，但是网站已经由于太多访问暂时上不去了，他又在谷歌上检索了一下，发现谷歌新闻上已经充斥着自己的名字，看来这事应该是真的了。他赶紧给自己的助手和朋友打电话告知了这一消息，然后等到早上四点钟，估计年迈的母亲已经醒来，才将这一喜讯报告母亲。其实，布鲁斯此时此刻心中最想要分享这一喜讯的是他的父亲，可惜父亲没有等到这一天，已经在三年前去世了。

布鲁斯是一名不折不扣的学二代。他的父亲恩内斯特·博依特勒（Ernest Beutler）教授是著名的血液病专家和遗传学家，曾经担任斯克里普斯研究所分子和实验医学系主任长达三十年，对贫血、戈谢病、铁代谢紊乱和泰-萨克斯病等许多疾病的病因做出了重要发现，并开创骨髓移植等治疗技术，他也是最早发现随机 X 染色体失活会导致雌性哺乳动物的组织嵌合这一遗传学现象的科学家之一。老博依特勒是美国科学院、美国医学院、美国科学与艺术学院三院院士，担任过美国血液学会主席，还获得过世界医学界四大奖之一的盖尔德纳奖，他编写的那部《威廉姆斯血液病学》大部头教科书，更是医学生学习血液病学时的圣经。父亲的光芒如此灿烂，作为儿子，要想在学术上超越父亲，实在不是一件容易的事情。

布鲁斯1957年出生在芝加哥，两岁时随父母搬到南加州洛杉矶近郊。童年时代他就对小生物非常有兴趣，养了小狗、小鸭、兔子、老鼠、变色蜥蜴、热带鱼、乌龟、斑马雀等一大堆宠物，仔细观察它们的生长过程和生活习性。五岁开始上公立学校，十三岁时转到位于帕萨迪纳的理工学校就读，这是一所全美排名前十的顶尖私立高中，同学都是一群学霸。十六岁高中毕业后，布鲁斯进入加州大学圣迭戈分校读本科，利用高中阶段修习的大学先修课成绩，加上排得满满当当的课程表，他仅用两年时间就修完了全部大学课程，十八岁那年大学毕业。青少年时期目睹父亲获得盖尔德纳奖和当选美

布鲁斯·博依特勒教授　©德州大学西南医学中心

恩内斯特·博依特勒教授　©斯克里普斯研究所

国科学院院士，让他立志以父亲为榜样，从事科学研究。布鲁斯很听父亲的话，父亲给他推荐的书籍，比如诺贝尔文学奖得主辛克莱·路易斯所著关于医生生活的小说《阿罗史密斯》和保罗·德·克鲁伊夫的科普著作《微生物猎人传》，他都认真阅读，并对今后的人生产生了深刻影响。从高中时期开始，布鲁斯就在父亲的实验室从事研究工作，学习分离血红细胞中的酶，测定它们的电泳淌度。在父亲的指导下，他仔细研究了谷胱甘肽过氧化物酶中无机元素硒对酶的活性的影响，并在十七岁那年发表了他人生中的第一篇学术论文。大学毕业后，他一边准备医学院的考试，一边来到父亲的好朋友和同事大野进（Susumu Ohno）教授的实验室工作，从事遗传学方面的研究，经过九个月的实验，他以第一作者身份在《细胞》杂志上发表了一篇关于人类雄性细胞H-Y抗原表达方面的论文。在学生阶段看到分子生物学的兴起和蓬勃发展，让布鲁斯产生了一种立刻想要投入到生命科学研究的大潮中的冲动，他曾经激动地对大学室友说：科学的列车已经出发，我们快要赶不上趟了！

听从父亲的建议，布鲁斯决定进入医学院继续深造。父亲告诉他，疾病本身会揭示许多新的和重要的生物学原理，医学院对医学生的学习培训过程中要涉及解剖学、生理学、组织学、病理学、药理学等多学科，对生物现象能有更好的理解。凭借着优秀的大学成绩、医学院入学标准考试MCAT的高分和几篇出色的研究论文，布鲁斯原以为申请到一所著名的医学院应该是小菜一碟，结果没想到在申请的几所医学院里头，只有芝加哥大学医学院录取了他，也许其他医学院认为他太年轻，兴趣更多是在科学而非临床医学上，因而拒绝了他。就这样，布鲁斯在十九岁那年从温暖的南加州来到寒冷的芝加哥，成为芝大医学院那届一百多名学生中最年轻的一位，也成了他父母亲的校友，他父亲就是在芝大医学院读一年级时邂逅了当时还是数学系本科生的他的母亲，父母结缡五十八年，生下了他们兄弟姐妹四人，其中一个哥哥和妹妹日后也就读医学院，成为临床医生。

医学院四年的课程具有很大的挑战性，同学中的竞争也非常激烈，比如解剖学、组织学等课程，是要下一番功夫并具有空间记忆能力才能学好的，这些课程的训练，让布鲁斯日后受益匪浅。在医学院毕业之际，父亲建议他至少做一两年住院实习医生，亲身体验临床医学，完成系统的临床训练。于是，布鲁斯来到了达拉斯的德州大学西南医学中心担任神经科的实习医生。西南医学中心也许是全美最好的实习医生训练基地，这里给予实习医生很大的权限，通常是一位住院医生带领两位实习医生就可以负责整个内科急诊室的夜班。两年的住院医生经历，让布鲁斯经历了完整的神经科临床训练，但也让他明白了，自己的兴趣不是在医院做一名医生，而是在实验室从事生物学研究。父亲当时建议他做住院医生的初衷之一，就是让他接受完整的医学训练，可以有资格做一名医生，这样，万一科研这条路走不通，还可以回来做医生挣钱养家糊口。但是，年轻气盛的布鲁斯觉得父亲的担忧完全是多余的，凭着自己对生物学、遗传学和免疫学的理解，特别是对蛋白的特有的"感觉"和得心应手的蛋白分离技术，无论去哪个实验室做什么项目，一定都会有所斩获。他的心早已经飞出了医院，飞向了读医学院期间不得不暂别的实验室。

离开西南医学中心之后，布鲁斯来到纽约洛克菲勒大学著名免疫学家切拉米教授（Anthony Cerami）的实验室从事恶病质素的研究。利用自己在蛋白提纯方面的专长，他很快就纯化出恶病质素蛋白，证明了这个蛋白作为一个关键细胞因子介导内毒素酯多糖LPS对小鼠的致死作用，进而还发现小鼠恶病质素蛋白与人的肿瘤坏死因子TNF高度同源，其实就是小鼠的TNF。在此之前，人们只注意到了TNF的肿瘤抑制功能，布鲁斯的研究结果揭示了TNF的促炎性，从而打开了炎症和免疫研究的一扇大门。因着这些工作，他被洛克菲勒大学晋升为助理教授，但他希望能够建立自己独立的实验室和研究团队，系统地开展细胞因子和TNF方面的研究。此时，德州大学西南医学中心向他伸出了橄榄枝，著名的霍华德·休斯医学研究所（HHMI）也选择他担任研究员，愿意资助他在西南医学中心的研究工作。于是，在离开达拉斯三年之后，布鲁斯又回到了当年实习的地方，不过这次身份改变了，他不再是一名住院实习医生，而是一名免疫学研究领域冉冉升起的新星。

布鲁斯记得在十一或十二岁时的一年，他与父亲去加州红杉国家公园爬山，在那些巨大的红杉树下面，不禁问父亲：为什么这些树能够千年不朽呢？父亲解答可能是由于树中的丹宁酸保护了这些庞然大物。联想到诸如西红柿、小麦等植物却会感染病菌，父子俩都觉得动植物体内都有一套免疫体系，只是我们还不知道它们是如何工作的。父亲告诉他，做科研就要挑最重要的问题来解决，所以，当布鲁斯来到西南医学中心建立自己的实验室后，延续在洛克菲勒大学时期的工作，接下来的问题很自然就是：既然内毒素休克等炎症疾病是由肿瘤坏死因子TNF引起的，而TNF是由被酯多糖LPS激活的巨噬细胞等分泌的，那么巨噬细胞是如何被LPS激活的呢？是不是存在一种LPS受体，这种LPS受体又是什么呢？这些问题是固有免疫系统中非常重要和基本的问题，布鲁斯决定去寻找这些问题的答案。他注意到有一个品系的小鼠感染革兰氏阴性菌后会因为炎症和感染性休克而死亡，而另一类品系相近的小鼠感染后却不会死亡，这中间的差别会不会就是其中不死的小鼠中的LPS受体基因发生了突变，找到这个突变，就可以定位这个受体基因，进而找到LPS受体了。为了找到这个突变基因，就要对两种小鼠的基因进行测序筛选和对比，但是上世纪九十年代，大规模基因测序技术尚未发展出来，所以这无疑是一项大海捞针式的计划，虽然雄心勃勃，但是困难重重。为此他们实验室养了数千只小鼠，对样本采用最原始的走胶和X光读片方法来测定序列，为了比对大量的基因序列，布鲁斯自己还学会了Perl语言计算机编程。五年的时间里，他逐渐投入了实验室几乎全部的资源来从事这项工作，也没有发表其他研究论文。这个时候，同事们都觉得他一定是走进了死胡同，父亲也告诫他不要把鸡蛋都放在一个篮子里，最为要命的是由于这项工作五年没有进展，休斯医学研究所HHMI通知他在当轮资助结束后，将不会给他的研究提供延续经费支持，而且这个决定是不可逆转的。面对如山的压力，布鲁斯的牛脾气也上来了，他认定LPS受体一定是存在的，他们也一定能够找到它。突破终于在1998年9月初的一个夜晚降临，当布鲁斯在审核当天的基因比对结果时，他看到一段长长的序列匹配到了一个真实的基因：Tlr4，也就是Toll样受体4，联想到Toll样受体的特征和免疫学上的功能，布鲁斯的直觉告诉他，Tlr4就是他们苦苦找寻的圣杯——LPS受体。他马上将这个消息告诉了父亲和团队中最重要的成员，第二天，他马上安排确认实验，不久之后，又定位出了Tlr4基因上引起两种小鼠感染死亡差别的一个由脯氨酸到组氨酸的点突变，为这项历时五年的努力画上一个圆满的句号。

这一研究成果很快在《科学》杂志上发表，引起了免疫学界的巨大轰动，成为免疫学领域引用率最高的论文之一。这项工作也为布鲁斯带来了多项大奖和荣誉，包括2004年德国库赫基金会的库赫奖、2006年法国科学院的迈耶奖、2006年美国肿瘤研究会的科莱奖等。2008年，他当选美国科学院院士和美国医学院院士，布鲁斯的父亲亲眼见证了这些里程碑式的荣耀时刻。当有人请布鲁斯总结取得成功的经验时，他不无玩笑地说，寻找LPS受体这件事情，是他唯一一次没有听从父亲的建议，而是听从自己内心的召唤，破釜沉舟，背水一战，心无旁骛，没有B计划，却终于有了重大斩获。

　　基于自身的医学训练，布鲁斯在进行重大科学问题的基础研究之余，也十分关注自己的研究成果能否应用到临床疾病治疗上。在揭示了TNF的促炎作用之后，他在西南医学中心也开发出了一种融合蛋白分子，可以抑制TNF的活性，进而达到治疗慢性炎症和败血症休克的目的。他和同事们为这个分子申请了专利，并将专利授权给一家位于西雅图的生物技术公司依缪内科斯（Immunex），这家公司后来又被大型制药企业安进公司（Amgen）所并购，在安进公司的大力推进下，这个融合蛋白分子成为治疗类风湿性关节炎和强直性脊柱炎等自身免疫疾病的重磅炸弹药物恩利（Enbrel），恩利十年来每年的销售额都在50至100亿美元之间，预计到2025年的累积销售额将达到1000亿美元，是人类历史上销售额最大的药品之一，也给大批自身免疫疾病患者带来了治愈的福音。但遗憾的是，由于专利转让合同中的一些问题，这个产品并没有给布鲁斯带来滚滚财源。近年来，布鲁斯又和斯克里普斯研究所的博格（Dale Bolger）教授合作，发现了一系列Tlr1/2的激动剂，可以起到疫苗佐剂的作用，他们成立了一家新的生物技术公司Tollbridge Therapeutics，专门从事这类产品的开发，我们期待着他们的成果能够再次带来一个上市药品，造福广大病患。

世纪之交的2000年，布鲁斯决定加入斯克里普斯研究所，将实验室从德州达拉斯搬到加州拉荷亚，在这里采用诱导突变的方法，继续从事哺乳类动物固有免疫中各个基因功能的研究。来到斯克里普斯研究所的一大好处，就是可以就近照顾年迈的父亲，与父亲成了同一家研究所的同事，科研上也可以进行一些合作。他们合作研究了肝中的一个蛋白对铁的调控作用，在《科学》等杂志上共同发表了几篇文章。那时候，布鲁斯年迈的祖母刚刚以102岁的高龄去世不久，加州的家中处处充满着对这位老祖母的回忆。祖父祖母上世纪三十年代是德国柏林的犹太医生，作为儿科医生的祖母还曾经给臭名昭著的纳粹宣传部长戈培尔的养子看过病，为了逃避纳粹对犹太人的迫害，他们带着年幼的布鲁斯的父亲逃到了美国。四十多年的岁月里，祖母与父亲比邻而居，布鲁斯在祖母的眼皮底下长大，祖母对孙辈既慷慨表扬、热情鼓励又严格要求的作风，对他日后的成长有很大影响。布鲁斯记得还是很小的时候，有一次与祖母聊起科学，第一次从祖母那里听到了诺贝尔奖这个名字，祖母告诉他：也许有一天，你也可以获得诺贝尔奖，祖母的预言在几十年后确实被验证了。2008年10月，与淋巴瘤顽强搏斗了一年的父亲离开了人世。于是，在2011年秋天，布鲁斯决定再次返回达拉斯，回到德州大学西南医学中心新成立的宿主防御遗传学中心担任主任，在这里领导一个多学科综合团队，采用正向遗传学等多种方法，开展大规模的哺乳类动物诱导突变与表型的关联研究，这又是一个雄心勃勃的大型研究项目，将为人类对于免疫系统以及其他多种疾病病因的了解和治疗，奠定坚实的基础。

布鲁斯对中国学生、学者十分关爱，先后有几十位中国学生、学者在他的德州和加州实验室里学习工作过，取得博士学位或从事博士后研究。2015年，受他的学生、中科院院士韩家淮教授的邀请，经过长时间的酝酿，布鲁斯在厦门大学成立了以他的名字命名的博依特勒书院（The Beutler Institute），为中国培养从事生物医学研究的高级人才，他每年都会到厦门亲自为书院的学生授课。2016年4月22日，布鲁斯应邀来到药明康德上海总部访问，并做了题为"小鼠中的自动化正向遗传学"的科学报告，让药明的小朋友们领略到学术大师的风采，我们也有机会向他汇报了在Toll样受体激动剂的药物研发方面的最新进展，听取他的指导和建议。了解了他的犹太家族历史之后，我特意抽空带他去游览了位于上海虹口的犹太难民纪念馆和曾是犹太人墓地的霍山公园。在纪念馆那座铭刻有上万名二战期间在上海避难的犹太难民人名墙上，布鲁斯找到了几位姓博依特勒的人名，他立刻认出这可能是他们家族的亲戚，但还需要向唯一在世的姑妈确认。他单膝跪下十分激动地向人名墙献上了一束鲜花，这束鲜花既是对二战期间漂流上海的先人的纪念，也是对收留了大批犹太难民的上海人民的感谢。晚餐之后，漫步黄浦江畔，春

作者与博依特勒教授参观上海犹太难民纪念馆　熊剑摄影

风拂面，满城灯火，我们故意用混杂着德语单词的英语交谈，回忆斯克里普斯研究所的逸闻趣事，畅想生物医学研究和人类未来的美好前景。

在科学发展的历史上，不乏父子同为科学家并为科学做出重大贡献的案例，这些案例一直是科学界的美谈。作为一名妥妥的学二代，布鲁斯一直庆幸自己有一位出色的科学家父亲，他像灯塔一样照亮自己前行的路程。布鲁斯也一直以父亲为榜样，在科学的道路上奋力攀登。而作为父亲的老博依特勒先生，看到儿子在自己的引导下，经过顽强努力在科学上取得的巨大成就甚至超过了自己，在欣慰和骄傲之余，一定会感叹：生子如斯，父复何求。

星河漫游

我家住在花生屯

　　旅居欧美近二十年，在不少地方工作生活过，也到过许多城市去旅行，因此对这些城市名字的中文翻译很在意。一个城市的名字，是这个城市给人的第一印象，往往会给人带来许多的联想。在国内读书时，每每看到枫丹白露这个风情万种的法国地名，心中就对法国，进而对欧洲，充满了无限的遐思和神往。这也就是为什么当年出国留学的第一站，选择了去欧洲的一个原因。

　　记得离开北京去德国时，在飞往汉堡的飞机上，邻座的德国乘客问我去什么城市，我用中文译名的发音告诉他：先去不来梅，再去汉诺威。不料人家听得一头雾水，连连摇头说不知道这两个地方。我心想，这也是德国的两个大城市，怎么会不知道呢？待我在纸上用德文写出这两个地名时，他们才恍然大悟，原来这两个城市名字的德语发音是布雷门和汉诺法。从此，我就对外国地名的中文翻译处处留心，生怕再闹这样的笑话和尴尬。

　　其实，拜托前辈们渊博的学识和过硬的外文功底，欧洲许多城市地名的中译，是非常漂亮贴切的。像柏林、波恩、汉堡、波鸿、埃森、林茨、伦敦、里昂、马赛、米兰、洛桑、卢汶、隆德等等，你就是用中文念出来，当地人也能听懂，而且字面的涵义优雅大方，堪与我们的北京、沈阳、宁波、太原媲美。我想，发音的接近和字面的端庄，应该是国外地名中译最基本的两条原则。最让我愤愤不平的是慕尼黑这个地名的中译，明明是个德国城市，中文译名却按英文名字来翻译，而且即使是按英文发音，也应该是慕尼克，怎么也和黑沾不上边，何况慕尼黑一点也不黑，是一座干净漂亮，有着丰富文化底蕴的南德名城，是我最喜欢的德国城市之一。如果按德文发音翻译，她的名字应该叫明兴，也可写为明新或明欣，或者干脆就叫明星好了。放着这么好的名字不用，真是暴殄天物。

北美许多城市的地名，因为混杂了多种语言特别是西班牙语和印第安语的缘故，译成中文后往往就显得有些怪异，像多伦多、密西西比、俄克拉荷马、怀俄明、蒙大拿等，能磕磕巴巴地把那个音译出来，也就差强人意了。最恐怖的是香港同胞对北美城市的地名中译，他们用粤语发音来翻译地名，等你用普通话再念出来时，能把你给活活气死。比如天使之城洛杉矶，他们偏要叫罗省，这样一来，一个"市"就升级成"省"了；好莱坞被译成荷里活，好像这样才能体现那些影星们的生猛鲜活。在加拿大时，听到香港移民同胞称一个地方为满地可，我一直搞不清是什么地方，后来看到这个译名和法文写在一起，才恍然大悟那就是著名的蒙特利尔，我真是要趴在地上满地找碎眼镜片了。

汉诺威市政厅　黎健摄影

诗人骚客们翻译的地名，总是多了几分浪漫色彩。徐志摩很喜欢意大利名城佛罗伦萨，故将其名译为翡冷翠，令人联想到那座城市里许多像碧玉翡翠一般美丽珍贵的文化瑰宝。康奈尔大学所在地小镇伊萨卡，风景优美，景色绝佳，胡适之在那里读书时，就将该镇名译作绮色佳，让人回味无穷。记得有一年深秋，我从波士顿驱车回费城，横穿大半个麻萨诸塞州，一路上看到层林尽染、漫山红遍，突然觉得把麻萨诸塞译作"满山秋色"岂不妙哉，音义皆好，可以和枫丹白露相呼应了，只是有点不像一个地名。

留学的生活是单调的，所以留学生们也常自找一点乐趣，拿自己留学的城市名字开开玩笑。宾州西部的钢铁重镇匹兹堡，就被那里的留学生戏称为痞子堡。在马里兰州国立卫生研究院工作的学子们，爱把马里兰叫做马驴栏。你要问身居首善之地华盛顿的学子们住在哪里，他一定会告诉你"我家住在花生屯"。西部俄勒冈州的学生，则把他们那太平洋岸的风水宝地，称作饿狼岗。我在加州时工作的斯克里普斯研究所，位于圣迭戈市郊的拉荷亚，那是一座美得令人眩晕的小城，拉荷亚在西班牙语里是珍珠的意思，可是我的那些学弟们，却硬是把拉荷亚叫做老虎崖，听到这个名字，我都恨不得从崖上跳下去了。然而，不论是痞子堡马驴栏花生屯，还是饿狼岗老虎崖，这些带着调侃性质的地名中译，发音和原文十分贴近，也像一个真正的中文地名，就是太土太像中国乡下的一个小犄角旮旯了。

华盛顿波托马克河畔盛开的樱花　杨岚摄影

我很喜欢世界地名谜语，也尝试着编过几个自娱自乐一番。当然，像排队上厕所（伦敦）、举头望明月（仰光）这一类的，就有点太小儿科了。因着对慕尼黑的喜爱，我曾编了一条谜面：最爱古刹青灯晚（打一德国城市名），谜底就是慕尼黑。汉诺威的谜面，则是：君子一言，驷马难追（打一德国城市名）。那一年的暮春去华盛顿看樱花，波托马克河畔千树樱花盛开，一阵风儿吹过，粉红柔软的花瓣像雨一样纷纷飘落，脑海里突然浮起白居易的名句"人间四月芳菲尽"，不正好也是一个谜面吗（打一美国地名），谜底就是华－盛－顿！

天涯海角野菜香

在海外漂泊的岁月里，对故乡的思念，往往是从胃开始的。八十年代末九十年代初，在德国内陆的大学城里，要买到新鲜的中国菜蔬，真不是一件容易的事情，因此，夜来入梦的，不仅有故乡亲人久别的面庞，也有童年时吃过的各种风味小吃。妻子好多次就在半夜里推醒我，说是在梦中又尝到冬瓜汤的清香和荠菜汤的鲜美。每逢这种时候，我们只能一起回忆陆文夫小说《美食家》中所描述的佳肴，吞咽口水到天明。

妻子的幼年是在淮扬水乡度过的，那时不用读什么书，常和小伙伴一起去河边田头挖野菜采竹笋，因此颇认识一些野菜的品种。刚来到德国时，望着一片片绿油油的草地，她感慨道：要是这些绿草都是韭菜那该有多好啊，我们就可以天天吃韭菜饺子了。看到草地上盛开的蒲公英，她又会说，要是荠菜也能像蒲公英这样到处生长，我们就能天天喝一碗荠菜鸡蛋汤了。每次外出在草地上散步，她都会留意路边的植物，看看是否能够发现儿时吃过的野菜。

功夫不负有心人。正逢故乡"三月三，荠菜香"的日子，有一次在外面散步，妻子看到草地上有一种小草，羽状的叶子略带锯齿，长茎上开着点点的小白花，颇似她梦回萦绕的荠菜。她蹲下来细细辨认，掐下一片叶子揉碎用鼻子闻一闻，还真是荠菜的味道。于是，她挖出几株，用手帕兜着，回到家中仔细洗净，煮熟后打入一个鸡蛋做成汤。揭开锅盖，一股清香扑鼻而来，真的是荠菜唉！妻子欢呼起来，其喜悦之状，一点不亚于她经过一番苦读通过了德文考试，被哥廷根大学录取为研究生时的情形。

好东西要与朋友分享。我们找到野荠菜的好消息，很快就传到在柏林留学的朋友们那里。他们几次打电话来，催我们快快北上去传授经验。于是，在一个节日的午后，我们来到柏林，稍作休整后就和朋友们一行来到柏林工大的校园里寻找荠菜。令人喜出望外的是，由于土地肥沃，又无人挖采，那里的荠菜真不少，而且长得又肥又大。大家学会了辨认之后，分头行动，很快就采满了几大袋。回到朋友家中，洗菜池太小，无法处理这么多的荠菜，只能放在浴缸之中清洗。然后，大家一起动手，做荠菜馄饨，包荠菜饺子，蒸荠菜包子，再加一大锅荠菜鸡蛋汤，弄出了一桌丰盛的荠菜宴。据说从此以后，柏林工大的留学生中，吃荠菜之风盛行。当时钱三强先生的女儿也在那里学习，有传言说她非常爱吃荠菜，有时甚至一两个星期也不必买青菜了。

除了荠菜之外，妻子还在扩大挖野菜的战果。在哥廷根，有一位从国内农业大学来进修的植物学教授，在野外发现了野韭菜和野葱，并将辨别的方法教给了那里的留学生，妻子也跟他们学会了。野韭菜，比家生的韭菜叶子更宽大，味道更浓，往往几小把，就够吃一顿韭菜饺子了。可惜的是它不像荠菜那样可以到处生长，只在哥廷根郊外几处草地上才有，大家都去采，很快就供不应求了。

转战北美之后，因着加州和德州等地中国城的兴旺，可以方便地买到各式中国食品，甚至可以买到冰冻的荠菜和马兰头，渐渐地，妻子在外散步时，也就不太留意路边的野草了。然而，儿时吃过的野菜还是会与我们不期而遇。那一年我们住在休斯顿，去位于盖维斯顿海滨的慕迪花园游览，走过一片海边滩涂时，妻子的眼前一亮，笑意立刻写满了脸上，原来滩涂上一大片长着十字叶子迎风飞舞的小草，不正是家乡田野里长的叫做草头的野菜吗？将草头上端的叶子掐下来，可以用来做鲜美的草头汤，味道一点也不比荠菜差。说干就干，我们一起动手，很快就采满了两个袋子，当晚吃到了一顿鲜美的草头汤。遗憾的是，草头只在那片滩涂上生长，别处再也难以寻觅，而那片滩涂，离我们的住处有两个小时车程呢。

搬到宾州以后，妻子就经常念叨，这里的气候与德国相似，应该也适合荠菜生长，可是，野外的草地上，一直没有觅到荠菜的踪影。妻子只好在自家后院的花园里开出一小块菜地，从国内买来菜籽，专门种植荠菜和韭菜。虽然这里没有野生的荠菜，但是她在这里又有了新的发现。一天午餐之后的小息，她沿着公司附近的德拉华河岸散步，突然看到河边有一片竹林。雨后的竹林，春笋破土而出，一颗颗肥肥尖

盖维斯顿海边滩涂　杨岚摄影

尖的笋宝宝，正在向她招手呢。于是乎，她奔回公司找到一个大纸箱，把那些尖尖的春笋尽收囊中。回到家中，当她从车上像变戏法一样搬出那箱新笋时，我还以为是从中国超市买来的呢。在这一战绩的鼓舞下，妻子又特意开车，在离家不远的公路边，发现了几处竹林，从此，春末夏初周末的早晨，我们都会起个大早，到那几处竹林里去采春笋，回家做油焖春笋吃。刚开始时，儿子看到餐桌上盘子里像竹节一样绿绿的春笋，满眼狐疑地问我们：这不是竹子吗？是给熊猫吃的，我们人怎么咬得动？待他尝到油焖笋的清香爽脆，不禁笑着说：原来竹子这么好吃呀，难怪熊猫爱吃呢！

晚春时节，后院小菜园里的荠菜抽出一根根长茎，开出一朵朵不起眼的小白花之后，便结出串串菜籽。一阵风儿吹来，把这些种籽带向远方，在那里落地生根，发芽长叶。待到明年早春的时候，我们也许就又可以吃到放养的野生荠菜了。看着小草上挂着的一串串种籽，我的耳边，不禁响起了歌手江涛演唱的歌曲《回家的人》，其中的几句歌词，不正是我们这些天涯游子最好的写照吗：

　　　　人生是一粒种，
　　　　落地就会生根，
　　　　风吹年华的梦，
　　　　落叶总要归根。

人生何处不相逢

　　哈佛大学社会心理学家斯坦利·米尔格兰姆（Stanley Milgram）曾提出过一个著名的"六度分隔"理论，他认为：世界上任何两个陌生人，都可以通过"亲友的亲友"这样一层层的人际关系网建立起关联，这两个陌生人之间相隔的人数，最多不超过六个人。这个理论，也称之为小世界假设。这一理论假设，已为米氏自己的实验和后人通过互联网进行的更大规模的实验所证明。确实，我们今天生活的地球村，就是一个小世界。你要是不信，不妨也可以从另一个角度来验证一下：看看两个相识的朋友，在地球的这一头挥手相别后，能否在地球的那一端再次意外相逢。这种令人觉得不可思议的事情，就让我碰到过好几次。

　　1990年夏天，我正在德国做洪堡学者。作为一项传统，德国总统每年都会邀请全体在德国的洪堡学者到位于波恩的总统府做客。6月的一天，在莱茵河畔鲜花盛开的总统府花园里，一个熟悉的身影从我眼前闪过，我赶忙上前打招呼，发现正是来自上海交大的跃云大哥。跃云大哥是我在长沙一中的学长，也是住在一个大院的邻居，从小我们就喊他毛坨哥哥，跟在他的后面玩耍，没想到大家在离开一中十几年之后，却在遥远的德国总统府里再次相见。

1993年冬天，受加拿大自然科学基金会的资助，我到加拿大卡尔加里大学访问研究一年。从温暖的法兰克福飞到零下四十度的卡尔加里，正在发愁如何对付这严酷的寒冬时，走出机场，发现前来接机的，竟是老朋友立群兄。1985年，我在复旦大学参加唐敖庆先生主讲的化学动力学讨论班，与来自浙大的立群兄同室而居，结下了深厚的友谊。出国之后大家的联系就暂时中断了，没想到他来加拿大读博，恰巧就在我要去访问的实验室，大家又要在一起工作了。从冰天雪地里走进他为我们安排好的新家，朋友的情意，像春风一样温暖着我们的心。

1994年秋天，我来到加州圣迭戈的斯克里普斯研究所工作，第一天上班去人事部集训，坐定下来看看前后左右的新同事，竟然发现左边坐的是北大高一级的学长史同学，右边坐的是北大低一级的学弟关同学。大家以前就在同一个楼里做实验，十几年后居然又同一天走进这家世界顶级的生物医学研究所成为同事，而且还在同一个系里互相关联的三个部门工作。大家彼此互相学习，相互照应，其乐融融，也是那时的一段佳话。

2001年春天，我到位于纽约珍珠河的惠氏研发中心去做一个专业报告，报告开讲之后，我就注意到听众中有一个华人面孔，当我的目光和他相遇时，总会轻轻点头向我微笑，由于当时的注意力集中在作报告上，我也没有多想这是个什

与王跃云博士相遇于德国总统招待洪堡学者的聚会上　杨岚摄影

么人，待到报告结束后，这位听众径直走到我的面前对我说："黎老师，您还认识我吗？"我这才认出来，原来是1987年时在北大教过的岩松同学，此时正在惠氏工作，当他从中心的布告栏里得知我来作报告时，特意赶来相会。十四年的岁月，大家已经由师生变成同行，再次相见，心中充满了喜悦和感慨。

也许你会说，学术界本来就是一个小圈子，同行之间彼此相遇，毕竟要容易得多。可是，下面这三段喜相逢的故事，则就充满了传奇色彩。

1999年我们住在得州休斯顿北郊的小城伍德兰，那是一座新开发的小城，当时还很少有华人居住。有一天妻子带着两个儿子去超市买东西，遇到了一位华人女士。这位女士看到他们母子三人之后，就不远不近地跟在他们后面走了很久，并趁妈妈不注意时，悄悄走上前问两个孩子："你们的爸爸妈妈是叫黎健、杨岚吗？"在得到肯定的答复后，这位女士赶到妻子的面前，一把拦住她，激动地大喝一声："杨岚，真的是你吗？你还认识我吗？"杨岚上下打量了她一会，觉得这位女士似乎很面熟，还没来得及说什么，她已经迫不及待地自报家门："我是慧芳呀。"原来，她就是杨岚大学四年的好友慧芳同学。杨岚只记得，大学毕业不久，慧芳同学就到法国留学去了，我们在欧洲时也曾多方打听她的消息。当时怎么也没有想到的是，近二十年后，大家却在美国一座小城的超市里意外地遇到了。慧芳同学后来回忆到，当时见到杨岚时，并没有认出来，只是见到我们的两个儿子，觉得与我年轻时的样子十分相像，于是跟在后面打量了很久才敢上去相认。

2002年我们搬到宾州不久，有一次去一家华人超市采购，在走进商店大门的时候，我看到擦肩而过的一位男士，特别像杨岚在中国医学科学院工作时的同事李君，我告诉杨岚后，我们不禁回头向那位男士望去。杨岚嘴中还在嘟囔：李君不是去了澳大利亚了吗，怎么会在这里呢？哪知道那位男士也察觉到了什么，此时也正回头向我们望来，大家目光相遇，彼此都认出了对方，于是连忙跑上前去握手问候。原来，李君从澳大利亚转到加拿大攻读博士学位，毕业后又来到美国工作，大家绕了地球一圈，又在费城遇到了。

2004年一个周日的下午，我送孩子去上中文学校。在等待他们放学的时候，看到家长合唱团在招兵买马，我就走过去看看热闹，并在报名单上签了英文名字。哪知道合唱团的团长，一位风度翩翩的中年女士看了我名字以后，上下打量了我一番，问我道："你是姓李还是姓黎？"我心想，问这个问题的人，一定是认识我的，赶忙回答道："姓黎。"话音未落，只听这位女士说道："那就对了，你是长沙一中的黎健吧？我是一中的小霞。"就这样，在中学毕业快三十年后，在大洋的彼岸，我第一次遇到了长沙一中的中学同学，并从小霞那里和其他的中学同学联系上了。妻子不无调侃地说，下次我一定会在马路上遇到我的小学同学和幼儿园穿开裆裤的同学。

更让人觉得不可思议的是，父辈之间这种意外相逢的喜剧，也在孩子们的身上上演了。2005年的暑假，大儿子卡尔到约翰斯霍普金斯大学参加写作夏令营，报到之后来到分配的宿舍，打开宿舍的门才发现，同宿舍的室友居然是他的朋友埃里克，而埃里克的父亲，则是我在北大读研时的室友向东同学。二十年前，两位父亲在北大同宿舍，二十年后，两个儿子又跑到约翰斯霍普金斯大学当起了室友，他们也像父辈们当年那样，夜夜长谈，形影不离，结下了深厚的友谊。

　　人生，就像一只小船，命运，就像大海的波涛。当生命的小船扬帆启航的时候，谁也不知道命运的波涛会把它带向何方。友谊，则是那鼓起风帆的东风，让人生的小船顺风顺水，驶向幸福的彼岸。回首往事，我们常常感叹世界之小，我也常常想起一位同学在我大学毕业留言簿上写的两句诗：莫叹前路无知己，人生何处不相逢！

德国统一亲历记

　　1989年8月至1991年12月，作为洪堡学者，我在当时称为西德的联邦德国不来梅市和汉诺威市学习工作生活了两年五个月，这段时间，正是东西两德在分裂了四十五年后实现统一的时期，能够在当地亲身经历这一历史事件的全过程，也是人生的一大幸事。

　　上世纪八十年代末期，东欧国家由于体制的制约，国民经济处于崩溃的边缘，通货膨胀，货币贬值，黑市泛滥，社会动荡。8月初，我从北京乘坐波兰航空公司的航班经华沙飞往汉堡，在华沙转机停留的一天时间，我用随身携带的1美元，在机场的黄牛那里换到600兹罗提波兰货币，打出租车到市中心最贵的饭店吃了一顿大餐，再去瞻仰了肖邦纪念碑和几处名胜，回到机场还剩100多兹罗提。那时候，留学生大多囊中羞涩，在西德的留学生凭中国护照可以自由进入东德旅行，他们经常用1个西德马克在黑市上换到50东德马克，在东柏林花天酒地、大手大脚地体验一把大款的感觉。

　　在不来梅歌德学院学习德语时，我发现了一个十分奇怪的现象。歌德学院原本是给像我们这种零基础的外国人学习德语的地方，可是我们的班上，却有几位来自波兰的年龄较大的同学，他们的德语非常流利，原来他们来自波兰领土中原属德国的地区，德语本来就是他们的母语，他们突破重重障碍，辗转来到西德，也算是回归故国，移民局安排他们来学习德语，是为了方便给他们发放一笔生活费。那段时间里，西德电视天天报道东德以及东欧国家各地的示威游行，也正是东欧国家那段时期旅行限制的松动，产生了连锁效应，引发了后来的柏林墙的崩塌。

　　第二次世界大战之后，美俄英法四大战胜国占领德国后将其划分为民主德国和联邦德国两个国家，俗称东德和西德，往日的首都柏林也被分划为东柏林和西柏林，其中西柏林虽然属于西德，但四周为东德领土所环绕，是西德在东德境内的一块飞地。由于经济发展较快、城市建设先进，西柏林已经成为向东德展示西方世界的一个橱窗。为了防止东柏林的居民逃到西柏林，1961年8月的一夜间，东德在西柏林周围拉起了一道铁丝网，随后建成156公里长的围墙，将西柏林43平方公里的市区团团围住，这就是著名的柏林墙。柏林墙靠东德的一侧布置了障碍物和地雷区，试图穿越的人会被东德边防守卫军射杀，据统计在近三十年中有200多人死在这座墙边。靠近西德的那一侧则可以随便靠近，尤其是在截断了的著名的菩提树下大街的那一段，更是观光客的必游之地，在那里可以登上台阶遥望东德一侧，墙上的彩漆涂鸦已经成了一种文化。1963年，美国总统肯尼迪在墙边那一句洋泾浜德语"我是柏林人"，让全世界向往自由的人民与柏林人的心连在了一起。1987年，里根总统又在这里向苏联领导人呼唤"推倒这堵墙吧"。雕塑家格哈德·马尔科斯（Gerhard Marcks）创作的"呼唤者"（Der Rufer）铜像矗立在勃兰登堡门前不远的6月17日大街的隔离带中央，铜像中的男子双手做成喇叭状，张嘴向着东边大声呼唤，正是这声声呼唤，终于喊倒了柏林墙。

1989年11月10日早上的德语阅读课，任课老师科尔先生是一位六十开外头发花白的德国绅士。这位科尔先生是一位语言学博士，他与当时的西德总理赫尔穆特·科尔（Helmut Kohl）同姓，但他总是用嘲讽的语气挖苦总理大人连高中文凭都没得到过，而他是语言学博士，大家听后总是会心地笑笑。那天科尔先生走进教室之后，迫不及待地站到讲台上，为了怕我们这些德语菜鸟听不明白，他一字一顿地大声告诉大家：柏林墙倒了！话刚说完，只见他双手捂脸，大滴的泪珠从指缝中流了出来，放声大哭起来。眼前的情景让同学们大吃一惊，大家都明白昨夜一出震惊世界的大剧已在柏林上演。科尔先生随后让大家阅读当天的报纸，报纸头版上的大照片，就是一群年轻人站在柏林墙上振臂欢呼，墙下则是涌动的人潮。原来，就在昨天晚上，东柏林市委书记宣布东德将开放边境，允许东德居民跨境旅行，随后，大批东德人来到柏林墙边的检查站聚集，要求卫兵打开大门。由于没有接到武力清场的指示，卫兵最终不敢阻挡大批的东德居民穿过围墙，另一边等待已久的西德市民用鲜花和香槟迎接久别的

呼唤者雕像　杨岚摄影

同胞，一批西德青年狂喜之中跃上城墙，随后大批东德青年也纷纷加入他们的行列，柏林墙上下成了一片欢乐的海洋。

随后的几天里，大批的东德民众涌入西柏林，穿过无人看守的入境检查点，抵达的每位东德人还可以领到100西德马克作为西德政府和人民赠予的见面礼。由于柏林墙许多建在市区，一堵墙活生生地将原来联通的一条街道甚至铁路截成两段，让两边的人民咫尺天涯相隔近三十年，民众开始自行拆除围墙，他们用镐子榔头之类的工具，砸下一块块混凝土或剥下一块块墙砖作为纪念，这些自称围墙啄木鸟（Mauerspechte）的民众甚至把墙体砸出一个个大口子，打造了多个非正式过境点，从此之后，柏林旅游景点出售的纪念品中又多了一样——柏林墙残迹，就是围墙啄木鸟们敲下的带有涂鸦油漆的混凝土块。柏林墙的正式拆除工作随即开始并持续了几个月，东西德两边先后动用了近千人和上百辆工程车从事这些工作，人们对柏林墙恨之入骨，几个月间就将长长的柏林墙拆得荡然无存，只有六处地点被留下来作为纪念，还有一些包含完整涂鸦彩绘的墙段整块切下被世界各地博物馆收去陈列展览，以至于后来柏林市政府想建一座柏林墙纪念馆时，都找不到一段完整的长的墙体了。

结束了歌德学院的德语学习后，我们于1990年1月来到汉诺威大学从事研究工作。在汉诺威城里，上班路上偶尔会见到一种呆头呆脑的小汽车，突突突地排出臭臭的尾气，晃晃悠悠地行驶在公路上，与西德常见的那些闪闪发亮的奔驰

"围墙啄木鸟"敲啄过的柏林墙　黎健摄影

宝马车完全不一样，这就是东德人民的卫星牌宝贝轿车，俗称特拉比。特拉比与奥迪车同祖同宗，它们的祖先都是德国汽车大王奥古斯特·豪希（August Horch），在西德的一支发展成了奥迪，在东德的那一支制造出双缸引擎的特拉比。西德的高速公路是全世界唯一不限速的公路，底气就是西德造的汽车质量好可以飙车飞奔。九十年代初期德国统一过程中的一个奇观是在高速公路上，一边是飞奔的西德造现代宝马，一边是东德人开过来的像老爷车一样慢吞吞的特拉比。西德人对穷亲戚展示了充分的耐性，没有人会鸣笛嫌特拉比开得慢。那段时间，同办公室的沃尔夫博士常常告诉我周末他又越过哈兹山去东部看望年迈的姑妈，尤格教授家里也有东边的亲戚来探访过，西德民众的心中，洋溢着浓浓的同胞亲情。

柏林墙的坍塌，是两德统一迈开的第一步。1990年5月，东西德政府签订条约，约定了两德建立货币经济和社会联盟，东德马克自7月1日起退出流通，西德马克成为流通货币。随后两德又确定了统一的原则、方式和时间，7月23日，东部的五个州遵照《德意志联邦共和国基本法》加入联邦德国。9月12日，两德与美苏英法四国外长在莫斯科签订了"2+4条约"，正式确定了德国的边界和未来的地位，这样，两德统一的政治、法律和外交程序得到圆满解决。即将实现的国家统一让每个德国人都充满了自豪感，7月8日在意大利举行的第14届世界杯足球赛上，西德队在足球皇帝贝肯鲍尔的带领下夺得了冠军，给即将统一的两德人民献上一份厚礼，喜讯传回，东西德的民众无不欢欣鼓舞，汉诺威市中心球迷们彻夜狂欢，人们为西德队第三次抱回金杯欢呼，也为国家即将实现的完全统一欢呼。

　　学术界中的两德统一则要方便得多。8月份在比勒费尔德召开的西德理论化学大会上，许多东德学者也应邀参加了大会。在这次会议上，来自东德科学院物理化学研究所的约阿希姆·绍尔（Joachim Sauer）教授做了关于表面催化机理量子化学研究的大会报告，会后绍尔教授来到汉诺威大学我所在的实验室随访，他是我的导师尤格教授的好朋友，我们还在办公室里就相关课题进行了讨论。绍尔教授那时候刚刚四十出头，风度翩翩，帅气儒雅，他的学生中有一位安格拉·默克尔（Angela Merkel）女士，四年前在他的指导下取得量子化学博士学位。2007年我回到汉诺威大学参加尤格教授的退休庆典时，很高兴又见到了已是两鬓斑白的绍尔教授，尤格教授悄悄告诉我，绍尔教授现在是德国的第一先生了，原来他就是时任德国总理默克尔的丈夫，他的那位学生安格拉博士，后来成为他的妻子，再后来又成为德国总理，担任统一后的第三任德国总理长达十六年之久，只是绍尔教授为人低调，不喜欢出现在聚光灯下，更不喜欢大家在大庭广众之下提起这层关系。

　　法定的统一纪念日10月3日越来越近，盛大的庆典将在统一之后的新首都举行，世界关注的目光也从西德的前首都波恩转移到了柏林。10月2日傍晚，一个巨大的热气球在帝国大厦广场升空，气球上面画着一只和平鸽，写着"柏林好运！德国好运！"的字样。东西德国的总理分别发表了电视讲话，感谢四大战胜国以及国际社会对两德统一的支持。23点55分，中间添加了麦穗锤子圆规的黑红金三色民主德国国旗从勃兰登堡门和所有东德政府机构门前降下。3日零时的钟声刚刚敲过，十四名少年儿童高擎一面巨大的黑红金三色联邦德国国旗进入帝国大厦广场，并将国旗升上高高的旗杆。随后，统一德的总统魏茨泽克发表讲话，号召全德人民团结一致，为建设统一的国家而努力。此时，波茨坦广场燃起五色烟花，烟花和探照灯的光芒将柏林的夜空照得如同白昼，人民高唱国歌，手执国旗火把，尽情欢庆这一期盼了四十五年的时刻，许多人都流下了激动的泪水。然而，也并不是所有的德国人都在为统一欢呼，10月3日下午，我们在哥廷根中心市政广场上，就看到一群年轻人在举行抗议游行，他们举着"德意志香蕉共和国"（Banana Republik Deutschland）的横幅，用香蕉banana一词取代联邦bundes一词，用一家美国服装品牌的名称来讽刺统一的联邦政府。年轻人担心东西德地区两边经济和政治上的巨大差别，统一后东部重建工作巨大的经济投入，将会影响他们的生活和前途。

确实，东西德地区人民经过四十五年的分割，观念和思想上有着很大差别，经济发展也存在巨大的鸿沟，要填平这一鸿沟，需要德国人民付出巨大的代价和艰辛的努力。10月底我们参加洪堡基金会组织的环德学习旅游，参观游览了许多著名的德国名胜古迹。鉴于东德地区当时旅游条件比较差，导游没有安排德东的景点。在大家的强烈要求下，我们特意绕道到东德著名工业城市德雷斯顿小停，在德雷斯顿看到的是战后重建的一排排单调乏味的苏式公寓楼房，街道坑洼不平，商铺没有装饰陈列，与西德城市差距很大。来到柏林，由于西部的名胜以前已经游览过，我们这次特意去看看东柏林的景点，漫步在斯普雷河畔的马克思－恩格斯广场，马恩两人一坐一立的那尊雕像，让我们颇感几分熟悉，只是两位伟人的表情和姿态太过于严肃。圣尼古拉教堂是柏林最古老的教堂，在二战中被盟军的炸弹夷为平地，1981年才经东德政府重建，走进这座几近空空荡荡的教堂不禁有点失望，教堂的工作人员是一位和蔼的德国老伯，他看出了我的怅然，轻声对我说：请你十年二十年后再来吧，那时候你一定会看到一个不一样的柏林。

　　足球迷的时间是按世界杯的届数来数算的。2006年第18届世界杯在德国的十二个城市举行，我们也在离开德国十五年后再次来到德国，带着卡尔来看看他出生的地方，也让小哥俩来体会一下德国人对足球的狂热。在柏林，我们特意选择了一家位于东柏林的家庭旅馆，旅馆的楼房还是当年东德建造的那种苏式大楼，但是内部重新装修后与西德其他地方的民居已经没有什么差别了，楼房周围的街道整洁干净，安静宁和，新栽的路旁树木已经蔚然成林。走进刚刚落成的巨大的柏林新火车站，看着那四通八达的高速城际列车，扑面

马克思－恩格斯广场中的雕像　杨岚摄影

而来的是新纪元的摩登和炫酷。登上车站平台眺望斯普雷河两岸和整个柏林城，往日分割的城市已经连成一片，楼房和绿树交融在一起，不再可分。登车离去之际，我不禁轻轻地道一声：柏林好运！德国好运！

三访萨尔茨堡

　　世界上的很多大都市，车水马龙，流光溢彩，令人流连忘返。也有一些小城镇，钟灵毓秀，底蕴深沉，让人去过之后还想再去，德奥边境上的小城萨尔茨堡就是这样一个地方。我曾先后三次探访萨尔茨堡，对于一个爱乐者来说，那是音乐的圣城，那里有莫扎特、卡拉扬、音乐之声。

　　第一次来到萨尔茨堡是在1990年的复活节前，我们到汉诺威之后的第一次远行，目标是萨尔茨堡–维也纳–布达佩斯。在国内时看过多遍电影《音乐之声》，电影中的每一首插曲几乎都会唱，影片中的旖旎风光更是令人着迷。《音乐之声》的取景地就在萨尔茨堡，因此，我们到达后迫不及待地参加了一次"音乐之声之旅"，要去领略一番影片中的湖光山色。游览从市内的米拉贝尔大花园和米拉贝尔宫开始，花园中的彪马喷泉，就是电影中玛利亚带着孩子们欢唱Do-Re-Mi的地方，宫内华丽的大理石大厅号称全世界最美丽的婚礼殿堂。随后参观的里奥波茨克朗宫是电影中冯特拉普男爵的别墅，这是一座精巧的洛可可建筑。再来到海尔布伦公园的亮泉宫和侬恩伯格的修道院，这是电影中玛利亚做修女的地方。最后来到圣吉尔根湖区那座黄白色的月亮湖教堂，电影中玛利

初访萨尔茨堡

亚和男爵的盛大婚礼在这里举行。坐在湖边绿茵茵的草地上，眺望远处的阿尔卑斯山，群山巍峨，重峦叠嶂，白头的雪山倒映在碧绿的湖水中，犹如人间仙境。我的脑海里不禁回响起《音乐之声》的主题曲：群山苏醒，乐声回响，美歌妙曲，传唱千年。

第二次探访萨尔茨堡是在1991年初夏6月，我和尤格教授去南斯拉夫博莱德（现属斯洛文尼亚）参加国际计算化学大会，我们驾车一千公里从汉诺威直穿大半个德国前往，途经萨尔茨堡，正好中途住宿休息。和我们同行的还有当时正在我们实验室访问的日本东京女子大学细谷功教授夫妇，细谷夫人是一位音乐教师，她对指挥大师卡拉扬很有研究，因此我们这趟顺道的萨尔茨堡之行，也是向两年前刚刚过世的这位音乐大师的致敬之旅。一路上，尤格教授准备了几盘卡拉扬指挥柏林爱乐乐团与美女小提琴家安妮索菲－穆特合作的小提琴协奏曲卡带在路上播放。德国的高速公路是不限速的，尤格教授一改往日严肃深沉的秉性，成了飙车党的一员，伴随着柴可夫斯基《D大调小提琴协奏曲》第三乐章那段疾风骤雨般的快板，他把车速冲到了每小时二百公里以上，我紧紧抓住车把手冲着教授喊道：慢点慢点，再快我们就要飞起来，与卡拉扬在天堂相见啦。

夜宿萨尔茨河畔的萨赫大酒店，酒店对面一路之隔的一栋白房子，就是卡拉扬的出生地。1908年4月5日，赫伯特·冯·卡拉扬（Herbert von Karajan）就出生在这里。萨尔

二访萨尔茨堡，与尤格教授和细谷夫人摄于莫扎特故居前

茨堡似乎是专门出产音乐神童的地方，卡拉扬四岁开始学习钢琴，八岁就以独奏家的身份登台演出。由于练琴过度，他的手指腱鞘严重受伤，钢琴家之路戛然而止，只能转向指挥发展。在其后的六十多年间，他活跃在指挥舞台上，指挥过欧洲众多的顶尖乐团，特别是与柏林爱乐乐团三十四年的合作，令他享有"指挥大帝"的美称。卡拉扬的父亲曾经是当地医院的院长，从这栋四层的方形大楼的规模上就可以看出他们家境的殷实。由于当时大师刚刚去世不久，这栋大楼还没有任何与卡拉扬有关的铭牌或雕像，要不是细谷夫人事先做足了功课，我们可能就与这处纪念地擦肩而过了。

树高千尺，叶落归根，晚年的卡拉扬在走遍了全世界之后，又回到了萨尔茨堡，定居在郊外亮泉宫附近的小村安尼弗（Anif）。1989年7月16日卡拉扬心脏病突发去世，随后安葬在安尼弗教堂旁边的公墓里。在驾车离开萨尔茨堡转上高速公路之前，我们特意来到安尼弗祭拜大师。卡拉扬的墓地十分简朴，与周围的墓地没有什么差别，一圈白色的石头围出一个长方形的墓床，墓床内种满了绿萝和鲜花，床头一块小小的石碑上刻着他的名字和生卒年份。墓前有几束鲜花和一些烛瓶，看来是像我们这样的崇拜者来敬献的。细谷夫人也将一束白色的满天星摆在了墓床前，并深深鞠了一躬。卡拉扬对古典音乐作品的精彩演绎，并通过现代音像技术让这些作品走进千家万户广为流传，他值得全世界乐迷一声深深的道谢。

第三次拜谒萨尔茨堡已经是十五年后的事情了。那时候我们已是四口之家，家中的两个小琴童正在学习弹奏莫扎特那首最简单又是最著名的《C大调钢琴奏鸣曲K545》，奏鸣曲中行云流水般的旋律令他们对莫扎特也有了初步的感觉。2006年仲夏的德奥行，萨尔茨堡就是必停的一站。在游览完古堡要塞之后，我们来到了盖特莱德大街9号的莫扎特出生地，让小琴童们沾一点音乐大师的仙气和灵气。

　　盖特莱德大街是一条熙熙攘攘、热闹非凡的商业街，临街一栋六层的黄色小楼，当年莫扎特一家租住在小楼中的三楼，1756年1月17日，莫扎特在三楼出生，在此度过了人生的前十七年。这里现在已经辟为莫扎特纪念馆，馆内陈列着莫扎特当年用过的小提琴、钢琴和家具，还有莫扎特的亲笔书信和乐谱，最为珍贵的是还珍藏着一缕莫扎特的金发和他的最后一幅画像。听到我们讲普通话，纪念馆内一位志愿者刘先生主动走过来和我们攀谈，这位刘先生来自台湾，他的妻子在城内的莫扎特音乐学院进修，他来陪读，闲时就来这里做志愿者，接待讲汉语的访客。他指导两位小琴童去仔细阅读莫扎特的曲谱原稿，还给他们介绍了那个时代的羽管键琴与现代钢琴的区别。分手的时候，刘先生指着墙壁上画着的一辆马车的背影和一条道路告诉我们，莫扎特就是沿着这条路，在十七岁时离开这里奔向维也纳。

　　在我们参观的时候，纪念馆的背景音乐轻轻地播放着莫扎特的《C大调第21号钢琴协奏曲K467》第二乐章的行板，那如泣如诉的旋律直透心扉。莫扎特在三十六岁短短的人生中历经苦难，却天才地创作了六百多部音乐作品，涵盖了几乎所有的音乐形式，他的作品旋律优美，是上苍赐给人类的精神食粮。记得著名音乐评论家陈宗群先生在《西方音乐欣赏》课上曾借用"吃的是草，挤出来的是奶"那句名言，形容莫扎特"吃的是苦难，挤出来的是欢乐"。随着年龄的增长，我似乎越来越能够品味莫扎特的优美，有时郁闷难当，听一段莫扎特的乐曲总有神奇的舒缓排解作用，当这些华美乐章响起时，我的脑海里浮想出的那种感觉只能用弘一法师的偈语来形容："华枝春满，天心月圆。"

离开莫扎特故居，我们来到萨尔茨堡火车站，登上东去的列车，沿着多瑙河，沿着当年莫扎特走过的路，向维也纳奔去。

芬兰颂

　　1992年1月1日，我们一家三口乘坐芬兰线渡轮，从德国基尔港出发，经过三十个小时的航行，横穿波罗的海，来到赫尔辛基，开始了为期一年在赫尔辛基大学化学系的访问研究工作。在芬兰的一年，让我们体会了这个北欧国家的美丽富饶与宁静平和。

西贝柳斯

　　在北大读书时，选修过中央音乐学院教授、著名音乐评论家陈宗群先生的《西方音乐欣赏》课，在介绍民族乐派时，陈先生给学生播放了芬兰作曲家让·西贝柳斯（Jean Sibelius）的交响诗《芬兰颂》，乐曲中激昂雄壮的对侵略者的抗争精神和对祖国圣诗一般的歌颂和赞美，令第一次听到这首交响诗的我深受感动。妻子常常笑话我会因着一首乐曲就喜欢上一座城甚至一个国家。当我们决定要到赫尔辛基大学访学一年时，我心中浮现的一个念头，就是要来看看西贝柳斯的家乡和他深深赞颂的那片土地。

　　赫尔辛基确实可以处处看到和感受到西贝柳斯的印迹。

位于市中心蝶落湾的芬兰蒂亚大厦，是赫尔辛基的地标式建筑，它的名称芬兰蒂亚（Finlandia），原意就来自西贝柳斯的《芬兰颂》。这座集音乐厅和会议中心为一体的建筑临水而立，由著名建筑师阿尔瓦尔·阿尔托（Alvar Aalto）设计，用白色的大理石建成，三角和四边形的几何形状结合，让这座建筑充满了现代气息，而从海湾的另一角看去时，国家博物馆古典风格的塔楼仿佛是从这座建筑的边缘升起，与历史融为一体。在它建成三年之后的1975年8月，国际安全与欧洲合作会议在此召开，三十五个国家的领导人，包括当时的苏联领导人勃列日涅夫和美国总统福特参加了这次会议，并签署了著名的"赫尔辛基协议"，这一协议，为人类和平解决争端、缓解东西方对抗奠定了基础。

城市西北角西贝柳斯公园内的西贝柳斯纪念碑，则是每一位到访赫尔辛基游客的必去之处。这座纪念碑由两部分组成，一部分是由六百余根银色的不锈钢管焊成的一架巨大的管风琴，钢管错落有致排列出一幅波澜起伏的画面，象征着西贝柳斯作品中所描述的芬兰人民对侵略者的反抗精神，当阵阵海风吹过，钢管发出低沉的风鸣，仿佛又在演奏着西贝柳斯那不朽的旋律。与管风琴成直角处的褐色岩石上，镶嵌着一幅西贝柳斯金属浮雕头像，雕像中的西贝柳斯双眉紧锁，前额突出，滚滚乐思就如背景衬托的波涛一样在他耳边翻滚。这座纪念碑由芬兰雕塑家埃拉·希尔图宁（Eila Hiltunin）设计，于1967年西贝柳斯逝世十周年时落成。据说纪念碑当初

西贝柳斯纪念碑　杨岚摄影

只有钢管管风琴那个部分，批评者认为西贝柳斯从来没有为管风琴作过曲，这个过于抽象的造型很难与西贝柳斯关联起来，为了回应这种批评，雕塑家又加上了西贝柳斯头像部分。两个部分珠联璧合，让这件作品成为城市雕塑作品中的一件杰作。

赫尔辛基大学瑞典语化学系的老楼坐落在市中心，不远处就是西贝柳斯音乐学院。西贝柳斯中学毕业后曾考入赫尔辛基大学学习法律，同时在赫尔辛基音乐学校学习作曲，随着对音乐兴趣的增长，他最后决定留在音乐学校专攻音乐，并赴柏林和维也纳深造。为了纪念这位芬兰最伟大的作曲家，赫尔辛基音乐学校后来改名为西贝柳斯音乐学院，成为北欧地区最重要的音乐人才培养重镇。每当黄昏时刻，我坐在实验室的窗前，看到一排排背着乐器的帅哥美女从窗外走过，他们是音乐学院的学生，正要赶去排练，我的心中不禁一阵恍惚，仿佛看到西贝柳斯正在走过我的窗前。

岩石教堂

从海上乘船来到赫尔辛基，在北欧丽日晴空下首先映入眼帘的，是一白一红两座高耸入云的大教堂。白色的是赫尔辛基主教堂，这座新古典主义风格的大教堂高高伫立在城中心的市政广场，四面有着古希腊风格的柱廊和三角门楣，绿色的大圆顶和四个小圆顶直指苍穹。红色的则是乌斯别斯基主教堂，扼守在卡塔亚诺卡小岛的入口处，红色的砖墙绿色的屋脊加上十三个金色的尖顶，是一座典型的东正教教堂。这两座教堂都建于十九世纪中叶，距今已有一百多年。在赫尔辛基市中心的圣殿广场，还有一座伸入地下在岩石中挖掘建造的教堂，落成于1969年，论年纪虽属新秀，但却与前述的两座老教堂一起堪称赫尔辛基的教堂三杰。这就是赫尔辛基著名的圣殿广场教堂，通常又称为岩石教堂。

岩石教堂的建筑主体是一块高出地面约十米的褐色巨石，建筑师兄弟蒂莫和图奥莫·索马来宁（Timo & Tuomo Suomalainen）设计的教堂是从岩石中央挖出一个巨大的圆形大厅，上方用一百多条放射状的条柱支撑起一个直径二十四米的青铜圆顶，周围的一圈采光玻璃使整个教堂内部十分敞亮，自然光的照射为教堂前方简洁的圣坛和侧边的管风琴增添了庄严却明快的气氛。教堂的内壁就是岩石本体，凸凹不平却保留着岩石的纹理和浑然天成的质感，墙体顶部不平之处用碎石块垒砌整齐，堆垒的石块看似漫不经心却块块相扣。教堂的入口则是一条隧道，通向外面的大街，从外面的大街上走过时如果不留心，还不一定能注意到这是一座可以容纳千人聚会的教堂。

由于岩壁特殊的回音效果，岩石教堂内的音效奇佳，再加上岩壁渗出的水滴滴入水道的回响，除了宗教礼拜，这里也是举办音乐会的绝佳之处。那日我们走进教堂时，一个女声合唱团正在排练门德尔松的《趁着歌声的翅膀》，优美的和声传到穹顶，反射到石壁，再传入耳中，歌声犹如来自天际，令人神往。

戴帽节

4月30日那天一早来到实验室，突然发现芬兰同事们头上都戴着一顶白帽子，帽子有一圈精致的黑帽沿和窄窄的黑帽舌，前端镶着一颗赫尔辛基大学的校徽，连皮卡教授那硕大的秃头上也盖着一顶略略泛黄的同款白帽。看见我一脸的狐疑，同事们告诉我，芬兰每一位高中毕业生都会有一顶这样的白帽子，没有白帽子，就说明你没有高中文凭。同事还神秘地提醒我，下午就不要上班了，去南码头阿曼达雕像那里看看有什么事情发生吧。

在赫尔辛基市中心南码头街心大花园顶端的圆形喷水池中间，伫立着一尊五米高的青铜裸体少女雕像，这就是著名的哈维斯·阿曼达（Harvis Amanda）雕像。这座雕像是芬兰艺术家维勒·瓦尔格伦（Ville Vallgren）1905年以一位在巴黎求学的芬兰少女为模特创作的，雕像中的少女赤身裸体地从水中升起，站在岩顶上，左手托腮，回头静静地凝望着波罗的海。她象征着赫尔辛基这座城市从海上诞生，大海的波涛为她提供生生不息的推动力，因此，这尊雕像又被誉为"大海女神"，堪与哥本哈根的那尊"大海的女儿"雕像媲美，又令人联想到文艺复兴时期意大利著名画家波提切利的《维纳斯的诞生》那幅名作。雕像建成之初，曾在芬兰引起了一场轩然大波，妇女协会和女议员认为纯粹的裸体过于轻浮甚至有伤大雅，呼吁将雕像从公共场所移走。但是，大学生们却十分喜爱这座新古典主义的作品，作品中的阿曼达面容端庄秀丽，体态娴雅自如，是一件难得的艺术珍品。传说在此后不久的一个瓦普（Vappu）节前夜，一群大学生在南码头附近的饭店彻夜狂欢，酒酣之余，他们看到料峭春寒中伫立街头的雕像阿曼达，学生们抓起饭店的餐桌布披到了少女身上，还有一位学生爬上雕像，将自己的白帽子戴到了阿曼达头上。从此以后，每年5月1日瓦普节来临之前的夜里，都有学生给阿曼达雕像带上白帽子，久而久之，这项带有一点恶作剧意味的活动成了赫尔辛基的一个传统，变成了大学生们自己的节日。

午饭之后来到南码头，只见这里已经是白帽子的海洋，满街满巷都是头戴白帽子的大学生，他们或是三五成群围坐在一起游戏攀谈，或是弹着吉他拉着手风琴愉快地歌唱。傍晚时分，给阿曼达戴帽仪式开始了。自上世纪七十年代开始，为了保护铜像，戴帽仪式不再在夜间而改在下午举行，也不允许学生再去攀爬雕像，而是采用吊车吊篮将学生吊到铜像上方，戴帽前也对铜像进行清洗，这项典礼由赫尔辛基各个大学的学生会轮流执行。在万众瞩目之下，几位赫尔辛基工业大学的学生仔细清洗了铜像上海鸥落下的鸟粪，洗浴后的阿曼达容光焕发，光彩照人，当那顶象征着青春和智慧的白帽子戴到她的头上时，全场欢声雷动，掌声欢呼声经久不息。

白帽子的海洋　杨岚摄影

随后夜幕降临，学生们开始了彻夜的狂欢。芬兰对饮酒有很多限定，法律规定禁止在公共场所和大街上饮酒，但瓦普节是个例外，因此戴帽活动之后的午夜刚过，市中心就可以看到成群的大学生手拿酒瓶边走边喝，呼朋唤友，勾肩搭背，微醺者满脸通红，步履蹒跚，自言自语，沉醉者当街横躺，口吐污物，甚至随地便溺。大学生们在这一天庆祝漫长冬季的结束，趁着考试季到来之前发泄一把，让青春在肆意的挥洒中飞扬。第二天一早，清洁工人打扫完满地的酒瓶子玻璃碴和污秽杂物之后，赫尔辛基又回归了那种温文尔雅、沉稳雍容的气度，迎接着即将到来的美丽的白昼季节。

北极圈

芬兰全国的国土有三分之一在北极圈以内，所以没有跨入北极圈，就算没有来过芬兰。8月中旬，趁着去丹麦阿胡斯参加夏季理论化学研讨班的机会，我们带着刚满一周岁的卡尔进行了一次环斯堪的纳维亚旅行，从丹麦进挪威再穿过瑞典，北上进入芬兰来到罗瓦涅米，最后回到赫尔辛基。在罗瓦涅米，我们跨过了北极圈。

罗瓦涅米（Rovaniemi）是芬兰进入极地拉普兰的门户，也是拉普兰地区的首府，虽然只是一个人口五万的小城，但已经是北极圈里最大的城市了。拉普兰是芬兰原住民萨米人居住的地方，冬天的茫茫雪原上萨米人驾着雪橇飞驰是那里永恒的画面。北纬66度33分的北极线，正好横穿城市北部的北极村，那里号称是圣诞老人桑塔·克劳斯（Santa Claus）的家。

8月的北半球在其他地方可能正是炎热的酷夏，可是北极圈附近已是秋寒，天色昏暗，冷风刺骨，由于事先有准备，我们带上了厚毛衣，还为卡尔带上了一身棉袄。来到北极村的第一件事，就是去跨越北极线，村外马路边上一块招牌下面有一条显著的黄线，那就是北纬66度33分线了，跨过北极线后，虽然只在北极圈里走了几步，我们还是得到了一张进入北极圈的证书，值得好好保存一番。

北极村的核心是圣诞老人之家，这座中间有着尖尖屋顶的木屋群，外形就充满了童话气息。全世界有好多地方都号称是圣诞老人的故乡，但这里能为外界广泛认可，还要追溯到1927年一位电台播音员的灵机一动。那一年芬兰和苏联确认以拉普兰的科瓦通图里山（Korvatunturi）为界来划分两国通往北冰洋的分界线，科瓦通图里在芬兰语里是耳朵的意思，因此，芬兰国家电台儿童节目主持人马库斯大叔（Markus）受此启发，他在节目中告诉小朋友圣诞老人和他的两万只麋鹿，住在拉普兰一个叫做耳朵山的地方，因为山有耳朵，他可以听到全世界各地小朋友的话语，知道哪个孩子乖哪个孩子淘气。这个故事传了开来，再加上拉普兰真的有很多驯鹿和雪橇，因此得到孩子们的认可。其实科瓦通图里离罗瓦涅米还有二百多公里路程，那里是圣诞老人的故乡，而罗瓦涅

穿越北极圈

米则是圣诞老人办公的场所。在圣诞老人之家里,最引人注目的就是圣诞老人办公室和邮局。每天,穿着红衣服留着白胡须的圣诞老人都在办公室里接待来自世界各地的游客,与游客合影留念,邮局里也能收到来自世界各地写给圣诞老人讨要礼物的信件。访客也可以在这里给朋友寄上一张明信片,盖上圣诞老人邮局的邮戳,存作纪念。最后,我们还参观了萨米人的帐篷和驯鹿苑,由于雪季还没有到来,对他们在冬季雪原上的生活,只能在影像中畅想一番。

罗瓦涅米在二战中几乎被夷为平地,战后在设计了芬兰蒂亚大厦的著名建筑师阿尔瓦尔·阿尔托的主持下重建,成为一座现代化的以教育和旅游为主的美丽城市,是世间少有的一片目前为止没有工业污染的净土。五万人的小城拥有两所大学,驯鹿雪橇和圣诞老人,已经成为这座城市最好的名片。上世纪九十年代初期,出国旅游的国人还很少,但是在这个天涯海角的城市,我们却在晚餐时遇到了一队从国内山东省到芬兰访问的代表团,同胞相见,乡音入耳,分外亲切。

三温暖

有人统计过,人口只有五百五十万的芬兰,全国却有三百万个桑拿,平均不到两人就拥有一个桑拿房。桑拿是芬兰人生活重要的一部分,一般的芬兰人家中都有桑拿房,另外,在湖畔海边的度假屋里,也一定建有桑拿房。据说赫尔辛基新建成的摩天轮上，也有设在吊舱内的桑拿，号称天空桑拿，游客可以一边蒸着桑拿一边从高空俯瞰赫尔辛基的美景。

　　桑拿房就是一个木质的密闭小屋，如果用松木做成，蒸洗时还可以闻到木头的清香。里面有加热和通风设备，加热的是一个桑拿炉，上面堆满石头，通常可以加热到60-80度甚至更高，由于通风干燥，这样的高温蒸烤并不会使人感到憋闷气短，只是大汗淋漓。正确的洗桑拿方法应该是：不用害羞，把衣服全脱掉，进入桑拿房前冲个淋浴，然后将毛巾铺在木头长椅上坐下来，蒸上一段时间大汗淋漓之后，跳入清凉甚至冰冷的湖水里扑腾几下，如果是冬天，也可以在松软的雪地上打几个滚。冷却下来之后，再回到高温的桑拿房内，如此重复几次。如果没有湖水，就用冷水淋浴冲洗代替。桑拿房内还会放一束叫做vihta的白桦树枝叶，可以把它沾水轻轻抽打自己的身体，促进身体的血液循环，树枝散发的新鲜香气沁人脾肺。芬兰语的sauna一词，国内翻译成桑拿，台湾同胞却把它翻译成三温暖，不仅突出了u字母所发的长音，也把冷热相激重复多次的过程给描述出来了，十分传神，堪称神译。

　　桑拿是芬兰的国粹，除了家人朋友一起蒸桑拿，商务活动中也常常包含有主客一起蒸桑拿的项目。主客之间赤诚相见，冷热相间、酣畅淋漓之际，还有什么话题谈不拢，什么问题解决不了的呢？

　　我们在赫尔辛基租住的是卡塔亚诺卡岛上一栋面海的三

层公寓楼，每个门洞的顶楼就是一个桑拿房，六户人家轮流每周一家使用一天，多余的一天公用。周二轮到我家使用，夏日傍晚，到桑拿房里蒸上一会儿，再冲一个冷水淋浴，反复几次之后，坐在露台的长椅上，喝着冰镇啤酒，欣赏芬兰湾海面上的雾起，仿若舞台上被无形的纤手缓缓拉伸的白纱，或点数过往船只的灯火，这时候就能够体会到为什么芬兰会是全世界幸福指数最高的国家了。

全鱼宴

芬兰濒临波罗的海和波的尼亚湾，拥有蜿蜒逶迤的漫长海岸线，疆域内还星罗棋布着许多湖泊，国土的十分之一为水面覆盖。得天独厚的水域孕育了丰富的鱼类资源，三文鱼、鳕鱼、鲈鱼、鳟鱼、鲱鱼等都是芬兰常见的鱼，也是芬兰人餐桌上必不可少的佳肴。我和妻子的故乡都在海边，都是属猫的，能够吃到各种鲜鱼，自然是喜出望外，直呼到了喵星人的天堂。

总统府前的集市广场有许多卖鱼的摊子，新鲜的三文鱼整齐地码在案板上，切开的三文鱼粉红色的肉质散发着诱人的油光。傍晚时分，小贩会将三文鱼对半剖开，钉在一块新鲜的松木板上用柴火当场现烤，松木的香味渗入到鱼肉中，鱼肉的香味在风中飘荡，令人不禁口水直流。我们常常买一段三文鱼肉回家烤鱼排或红烧，切下的大鱼头原本是要扔掉

作者与卡尔在赫尔辛基邮轮码头　杨岚摄影

的，我们把鱼头要来带回家洗净做一锅鱼头豆腐汤，鲜美无比。卡尔在芬兰期间正是断奶改吃固体食品的阶段，那时候他的主食往往就是将土豆胡萝卜和三文鱼肉一起炖烂压成泥，这种食品把他养得白白胖胖。

周末的南码头会变成鱼人市场，渔民们开着船来卖鱼或水产品，这个时候就可以买到渔民自制的盐渍鲱鱼了。在冰箱出现之前的岁月里，芬兰人往往靠盐渍鲱鱼、鹿肉干和黑面包度过漫长的冬季。鲱鱼是芬兰水域最常见的小鱼，大约只有二十公分长，十分容易捕捞，芬兰每年要捕捞一亿公斤的鲱鱼。这些小鱼捞上来后，用水煮熟再盐渍起来，便可以保持很长时间，这与我的家乡广东潮汕一带的腌咸鱼很像。有一种咸鲱鱼发酵后还有一种特殊的臭味道，犹如中国的臭豆腐，一般的非芬兰人不敢问津，但我却闻到了家乡的味道。

陈静宜教授是我们在德国留学时的好朋友，是我们非常尊敬的一位长者，回国后担任中科院工程热物理所的所长。他在回访德国时，特意在赫尔辛基转机小停来看望我们。在带领他游览了赫尔辛基的名胜之后，我们便用全鱼宴来招待他。晚饭时分，我们摆上了各种做法的鱼，烟熏的三文鱼片入口即化，香料腌制后干煎的白鱼满口清香，油浸的烤秋刀鱼外焦内嫩，清蒸的鳕鱼肉质鲜美，鲟鱼的鱼子酱涂在黑面包上口感奇佳，最后还有一道三文鱼鱼头豆腐汤。这顿全鱼宴，让陈老师体会到芬兰鱼类水产的丰富，多年以后，他一直还记得。

波罗的海的洗礼

我们抵达赫尔辛基时，在德国出生的卡尔还不到半周岁，原来的计划是等他半岁后送入托儿所，妻子再去大学实验室工作。到市政厅去登记托儿所时，工作人员告诉妻子，芬兰政府鼓励婴幼儿由母亲照顾，所以在家照顾婴幼儿也是一份工作，可以得到一份补贴，不比到大学实验室工作领取的薪资少。由于我们是持工作签证来到芬兰，因此也可以享受这份待遇，就这样，妻子便安心在家做这份全职妈妈的工作了。

芬兰政府鼓励生育，在新生婴儿出生前，家里就会收到一个邮寄来的大纸箱，里面是婴儿睡袋、大枕头、衣物、尿布等，纸箱子折起来就是一张小婴儿床。我们在赫尔辛基第一次带孩子去看儿科医生时便被告知，无论外面的气温有多低，每天都要让孩子在室外睡觉至少一小时，这样才能保证孩子的健康，也让孩子能够适应芬兰地区的寒冷。妻子第一次推着婴儿车上公共汽车时，正准备去自动售票机前打票，同车的乘客纷纷向她摇头摆手，原来，在芬兰，推着婴幼儿车乘坐电车、公共汽车和轮渡都是免费的，理由是妈妈要集中注意力保证婴儿车的安全，买票打票可能会让手离开婴儿车，这是不安全因素。因着这项福利，妻子推着婴儿车中的卡尔，乘车乘船游遍了赫尔辛基的著名景点，大街小巷里，也处处留下他们快乐的身影。

总统府前的集市广场是他们娘俩最喜欢去逛的地方，那里的许多摊位，可以买到精美的芬兰手工艺品，还有驯鹿皮、麋鹿角等拉普兰特产。玩累了，坐在海边的台阶上，看芬兰湾远处白帆点点，大邮轮鸣笛远航，海鸥在岸边嬉戏飞翔。夕阳西斜，买一条鱼和几颗菜，沿着邮轮码头边上的步道走回家，做好饭等我从大学下班回家。

　　记得那是9月初的一个星期二下午，我正和皮卡教授在办公室讨论一篇论文手稿，突然接到妻子的电话，她在电话中焦急地告诉我：儿子掉到集市广场前面的海里了！听到这一消息，顾不得多说什么，我丢下文稿冲出大门，匆匆登上一辆南行的电车向集市广场赶去。到那里后看到妻子用她的风衣包裹着儿子，儿子一身湿漉漉的棉袄挂在婴儿车车把上，还在滴着水。原来，妻子刚才在海边的一个小摊前买菜，把婴儿车停在身旁，但是忘了踩下车轮子的锁扣，付款时手也离开了车把，就这样，不知不觉间婴儿车载着孩子沿着缓缓的斜坡向海边滑去。正在收款的小贩突然看到这一情景，顾不上说话，跳过柜台向海边冲去，可是已经晚了，婴儿车滑到岸边咚的一声栽入水里，几秒钟后又在反作用力的弹射下浮了上来，说时迟那时快，小贩赶紧一把将小车拉了上来。一切都发生在几秒钟之间，人们纷纷围上来关切地询问，幸好卡尔只是呛了一口海水，吓得哇哇大哭。妻子赶紧把孩子湿透的衣服脱掉，用自己的风衣将孩子裹起来，还有一位好心人摘下自己的羊毛围巾，裹在了脱掉湿衣服的孩子身上。我

皮卡教授与卡尔　杨岚摄影

们把孩子抱回家，给他洗了热水澡，确认他没有任何问题后，我才返回大学上班。

回到实验室，我发现全实验室的同事都没有在做事，他们坐在图书馆的长桌前，一个个愁云满面，默不作声。看到我走进来，大家一下子围到我身旁，我将事情的原委一五一十地告诉了大家。听到孩子没事，大家才长长地舒了一口气。皮卡教授幽默地说了一句：这是波罗的海给卡尔的洗礼，经过这次洗礼，卡尔就是波罗的海的儿子了。大家哄堂大笑。

1992年12月31日，我们乘坐芬兰航空公司的航班，飞往德国法兰克福然后转往加拿大卡尔加里，开始了我们"读万卷书，行万里路"的下一站。飞机起飞时，广播里播放的正是《芬兰颂》的后半段，在颂歌般的旋律伴奏下，从飞机舷窗向下望去：冰冻的芬兰湾犹如一面明镜，散落的湖泊好像一粒粒珍珠，银装素裹的大地宁静美丽。再见，赫尔辛基，再见，芬兰。

星
辉
初
曜

攀藤记

美国东北部的八所著名大学：哈佛、耶鲁、普林斯顿、宾夕法尼亚、哥伦比亚、康奈尔、布朗和达特茅斯，当年为了橄榄球赛事，结成了八校联盟。因着这些学校校园的建筑上，爬满了绿绿的常青藤，世人便将这八所学校统称为常青藤盟校。八所藤校历史悠久，名师荟萃，科研教学实力雄厚，多年来一直在美国乃至全世界的高校中引领风骚，培养出来的高材生誉满全球。因此，这八所藤校，也是莘莘学子梦寐以求的。华人家庭，素以重视儿女教育出名，更是早早地将"攀藤"计划列入家庭的奋斗目标，引导、鼓励和帮助孩子高中三年为之不懈努力。

今年圣诞节前夕，大儿子成功地被宾夕法尼亚大学沃顿商学院提前录取为2013届新生（2009年9月入学）。收到录取通知书，儿子欣喜非常，第一时间就打电话向我报告。听到儿子"攀藤"成功，进入理想的藤校，我的心中充满了喜悦和骄傲，儿子真是好样的！全家人的辛苦终于没有付诸东流！要知道，这几年宾大沃顿商学院本科的录取率一直低于百分之十，比哈佛、耶鲁还难进。

与中国一试定终身的录取方式很不一样，美国的大学入学申请是一个多样化和漫长的过程。学业成绩很重要，但不是唯一的考察标准，学生的组织领导才能、社区服务等都是综合考察的范畴，同时，高中老师对学生的品行习性甚至个人特点的介绍和推荐也是很重要的参考指标。有的学校还会安排校友对学生进行面试，考察学生的言谈举止和待人接物，等等。这个过程的艰辛和付出，就像是徒手攀着一根枯藤爬悬崖峭壁，没有身临其境是很难体会个中滋味的。

学业考察，包括高中阶段的综合成绩和大学入学标准考试两部分。为了得到一份靓丽的高中成绩单，高中三年儿子从不敢掉以轻心，每门功课都拿到了A。幸好儿子一向对学习有一副好胃口，每门功课都学得津津有味，他不仅偏爱理科，也很重视文科。记得有一次儿子为了写一篇世界近代史课业报告，仔细查阅和研究了大量的西藏和新疆史料，掷地有声地在课堂上做了一场反对西藏、新疆分裂势力的报告，同学们听得津津有味，历史老师也感叹从他的报告中学到了许多东西，这篇报告从此成了这门课的范文。儿子从初中起就入选学校的快班就读（Gifted and Talented Program），因此比在常规班学习的同学提前两年学完了高中的全部课程，剩下的两年，则全部用来学习大学先修课程（AP课），先后修了十多门AP课。为此，儿子很少在午夜十二点以前睡觉。我和儿子分享一个书房，儿子学习时，我常常也在一边做我的事情，儿子遇到难题时喜欢随时跟老爸探讨，这也使我常常能第一时间分享儿子的苦与乐。看到他在微积分Ⅱ作业中吭哧吭哧

卡尔2013年毕业于宾夕法尼亚大学沃顿商学院

地费力解常微分方程，有时一道题目要花一两个小时才能解出来，我心中不禁为他捏了一把汗，心想这些东西我们当年可是到大二才学的。但看到他不觉为苦，乐在其中，每解完一道难题后露出喜悦的笑容，我心中的一块石头也就落地了。尽管这些课程作业很难，但儿子总是把作业写得整整齐齐，用计算机设计的报告也总是尽善尽美，让人叹为观止。修习这些颇有难度的大学先修课，充分体现了他不断挑战自己的精神，给他的成绩单增加了不少含金量，也成为他学业成绩中的一大亮点。

标准考试对儿子来说倒是一件轻松的事情。儿子高一时就定出了一个考试时间表，把SAT-I和四门SAT-II的考试分散在一年半时间里考完，而SAT-II的考试都尽量安排在相关课程修完后参加。就这样，他按部就班，轻松有序地考完了SAT-I和四门SAT-II，并均取得了99%以上的好成绩。最后，当其他同学在大学申请最后几个月的紧要关头还在火急火燎地赶着应付SAT考试的时候，他已可以悠然自得地撰写大学入选申请书中的短文了。

校园活动是体现学生组织协调能力和团队精神的一个大舞台。儿子属于那种哪里热闹就爱往哪里凑的人，因此很多课外活动都能见到他的影子。他是校学生会的负责人之一，先后组织和参加了学校的弦乐队、乒乓球俱乐部、中国文化小组、德语俱乐部、阅读奥林匹克队、荣誉学生俱乐部、学术十项全能、计算机兴趣小组、未来商业领导团队和普林斯顿模拟法庭等等。高二时还参加了校学生会主席竞选，组建了一个颇具规模的竞选班子为他摇旗呐喊，可惜在离成功只有一步之遥时铩羽而归。繁多的课外活动，使儿子常常无法坐校车回家，于是，下班后绕道去学校接他，也成了我们常年的必修课。有一段时间，我担心他参加的活动太多，要求他收缩战线，但他不肯，硬是凭惊人的毅力和超强的精力全线出击。他先后代表学校参加了宾州及全国的写作比赛、未来商业领导人竞赛、学术十项全能竞赛、计算机游戏设计比赛和普林斯顿模拟法庭竞赛，也可谓身经百战，战绩不俗了。在模拟法庭上，看着一身黑西装的帅气儿子滔滔不绝地引经据典，唇枪舌剑地力辩对手，我几年来风里来雨里去接送的辛苦，全都化成了欣慰。

社区服务是反映学生社会责任心的重要方面。美国的大学十分强调学生要有服务社区、报效社会的强烈责任感。儿子从初一起，每年暑假都参加费城的"兄弟之爱"义工活动，到流浪汉收留中心或食品救济中心去帮忙，有时还去帮助低收入家庭翻修房子，也曾去帮新移民的孩子补习英语。这些活动，让他见识到了美国社会富裕的另一面，也知道了人世间还有艰辛和贫穷。记得他第一次做义工回来，深有感触地对我们说，他终于知道生长在"郊区"富裕社区的孩子是多么幸福了。儿子心地善良，性格开朗，很喜欢小孩童。星期天，他常常去临近的华人教会帮助照顾小孩，经常是右手抱一个，左手牵一个，背上还吊着一个。每每看到这种画面，我的心中总是充满了欣喜。高一暑假，他跟随教会的布道团远赴苏格兰爱丁堡去做传教士义工，在那十多天里，他要照顾夏令营里二十几位孩子的生活和娱乐，还要辅导孩子们的学习和带他们进行体育活动，这一经历，让他经受了另一种文化的冲击，并培养了他的责任心。从苏格兰回来，他为我买了一顶苏格兰羊毛毡帽。戴着这顶毡帽，倍感温暖。

我家有儿初长成。十七年，儿子从一个夜夜啼哭的小婴孩，长成如今一位阳光俊朗、人见人爱的翩翩少年。有人说，考上沃顿，就像是衔着金钥匙出生了。对此，好强的儿子却有他的另一番打算。他计划用四年的时间，在宾大沃顿这所全世界最古老著名的商学院和诞生了全世界第一台计算机的宾大工学院，拿下管理学和计算机科学双学位，然后做一位像史蒂夫·乔布斯那样，对这个时代和社会有贡献的"酷哥型"科技企业家。

海阔凭鱼跃，天高任鸟飞。孩子，你已身手矫捷地攀藤爬上了人生的第一座山峰，顺利跨上了人生的第一个台阶，但是，前面还有更多的高峰等待你去攀登。父母的目光，将永远追随着你；爸爸妈妈的爱，永远是你坚强的后盾。

斗机记

　　我家大儿子上中学以后，计算机成了必需的学习工具，家中书房里的那台戴尔台式机，就成了他的专用品。在计算机上写作业、查资料，到老师的网站下载课业，也在网上和同学聊天，经常是挂在机器上就下不来了。几年来我们家的两条路线斗争，多是围绕着计算机展开的，儿子为了争取机权而斗争，我们为了压迫他的上机时间而奋斗，父子之间，斗机斗智，你来我往，历时数年。

　　儿子开始使用计算机时，我们就和他约法三章，逼他签订了一个不平等条约：老爸有权设定计算机的使用权限，有权检查机器内的文件内容，有权删除不适当的东西。为了控制他使用计算机的时间，我在机器的登入中加了用户名和密码，这样他每次上机，必须由我来登入。可是没几天，我就发现他已经知道了密码，原来，我在登入时，他站在一边根据我敲击键盘的位置已经猜出了密码。此后，我就三天两头更换密码，登入时不许他站在旁边看。就这样过了几个月的太平日子，很快就发现这一招也不灵了，你猜怎么着，原来他在我帮他登入机器以后，到管理员权限区为自己开了一个户头，并设了口令，就这样，他每次开机后大摇大摆地登入自己的户头，我为他建立的户头就形同虚设了。这样我不得不果断地采用管理员权限更改了他的密码，并降低了他的户头的权限，不允许他随便安装软件和开设户头，速战速决地取得了斗机第一回合的胜利。

进入高中以后，儿子要用计算机的课业更多了，开始，他还是老老实实地等到晚饭后再让我帮他登入。我心中好不得意，心想他还真老实听话。有一段时间，他每天下午三点半放学回到家后，都会给我的办公室打个电话，聊几句学校的新闻或问问晚饭吃什么，最后总忘不了问一句我什么时候回家。每次接到电话，我的心里都感到甜丝丝的，琢磨着这儿子毕竟是大了一点，懂事了。有一天下午，我在参加了公司外面的一个会议之后就直接回家了，比往常到家提前了一个多小时。车子刚刚拐进自家院子，从书房的窗子里看进去，只见儿子挂在计算机上，双手在键盘上敲得正欢呢。我冲进书房，一把抓了一个现行。当时我百思不得其解，他是如何登入计算机的呢？经过一番利诱威迫，他才从实招来。原来他从一个黑客网站上看到，视窗 XP 的一些版本，有一个安全漏洞，用一定方法可以读出系统密码。他一试家里的计算机，果真如此。有了系统密码后，他就从计算机启动时以安全模式进入登录系统，虽然每次登入要花费近十分钟，但在我下班回家之前的这段时间里，他就可以高高兴兴地享用他的计算机，在网络里到处漫游。掌握了他的这些花招之后，我赶紧亡羊补牢，升级了视窗系统，再次夺回了斗机主动权。

日子就这样在波澜不惊中又过去了一段时间。那一年圣诞节家中请客，儿子的几个好朋友也来到家中，他们几个挤在书房里，唧唧喳喳，热闹非凡。我走进书房一看，计算机开着，但往日屏幕上显示的蓝天白云背景不见了，取而代之的是一个金鱼缸，正咕咕地冒着水泡，而且可以翻滚变成多个显示窗口。儿子看到我进来，愣了一下，连忙要去关机。可是一切都晚了，他为了在朋友面前显摆，不慎泄漏了自己的秘密，又让我抓了一个正着。客人走后，我把他叫进书房，请他给我一个解释。他指指计算机说，你自己看吧。我启动机器，定睛一看，原来单一的视窗XP操作系统，已变成了视窗XP和Linux双启动系统。平时机器启动时，自动进入视窗XP，而键入另一个键，则进入Linux系统。好小子，原来不知什么时候，他已经在机器里装了开源免费的Ubuntu，彻底地甩开了视窗系统的登入密码，自由自在地翱翔在Linux的天空了。看到这一切，我不禁哑然失笑。我告诉他，儿子唉，当年你还没出生时，你老爸就在玩Unix、Linux了，世界上最快的几台超级机，像什么西门子富士通，IBM的蓝基因和克雷T3E等等，都有你老爸算题的足迹呢，没想到今天被你用Linux蒙了这么久。这斗机的第三回合，老爸算是栽了。仔细看看他的系统设定，发现他的Linux也才刚刚入门，我随手敲入几句行命令，将他的系统设定进行了一些调整。我这几下，也把他给看呆了，算是为这斗机第三回合的失败挽回了一点面子。

痛定思痛，我发现采用软件是没法控制儿子使用计算机了，唯一的办法，只有硬件控制了。从那以后，我们给他的新规定是：每天用完机器后，键盘和鼠标必须上交。就那台光秃秃的计算机，看你还怎么用。不久，通常狼狈为奸的哥俩窝里斗起来了，小儿子泄露了他的秘密，即使是没手没嘴没眼睛的光板机，他也找到了使用的办法。他从同学家的报废计算机里，找来了一个三键鼠标藏在书包里，仅用一只鼠标，靠着拷贝粘贴字符串，也可搞定机器上网乱逛。想想他的煞费苦心，我只好警告他，如果发现他滥用计算机或长时间吊在机器上不下来，我将痛下杀手，使用武林的最高手段——OFS一指禅（OFS: One Finger Solution）来解决事端，将计算机强行关机。这也就标志着在这场长达五年的斗机中，老爸彻底地败北了。

几年的斗机斗智下来，儿子的计算机水平有了很大长进。让我欣慰的是：他不像很多男孩子那样迷恋计算机游戏。他很少打计算机游戏，偶尔从同学那里借来一盘游戏，他热衷的是把游戏拷贝后对程序进行分解剖析，运用所谓的"逆向工程"法对游戏进行改动，把游戏里的人物标上同学的名字或换上同学的头像，和同学们开个玩笑。去年冬天，他率领他们高中计算机俱乐部的成员，动手写了一个游戏软件去参加宾州中学生计算机竞赛，一路过关斩将，冲入了前八强，可惜在半决赛时铩羽而归。

儿子的计算机技术，也让我和家里得益不少。去年寒假时，我交给他一项任务，让他写一个小软件，帮我管理在过去研究中积累的上千篇论文文献的pdf文档，我以为他至少要花一两个星期才能做好这件事，哪想到第二天他就给了我一个答案：采用苹果公司管理音乐的iTunes软件，稍作改动也可以用来管理pdf文档，这些论文文献，可以按作者、主题、发表杂志、发表年代编排检索，检索到后双击自动调用Adobe显示即可，他已经进行了测试。这个解决方案真是让我哑口无言，心想这偷懒也偷到极致了，可是问题也解决到了极致，真应该向苹果公司报告这一新用途才是。我还向我的同事们推荐了这种方法，大家都觉得这个法子还真巧妙实用。去年圣诞节前，岳父来和我们同住，为了让他老人家闲时可以上上网打发时间，趁着圣诞大减价，专门给他买了一个笔记本计算机。可是老人不识英文，如何使用英文版的视窗Vista呢？我想从国内买一份汉化的视窗系统装入，儿子坚决不干，他认为从国内买的中文操作系统，多半是盗版，他强烈反对使用盗版系统软件，免得到时微软公司追到家里来。我让他给出一个解决方案，他吭哧吭哧地在家苦干了一天，凭着他那斗大的字不识一筐的中文，没花一分钱，为外公的笔记本计算机装入了全汉化的Ubuntu Linux操作系统，以及火狐浏览器和开放办公室系列软件。外公高兴得嘴都合不拢了，直感叹跟着外孙也时髦了一把，七老八十了还玩起了Linux。

正像千千万万的计算机发烧友一样，为了显酷，儿子也极力推崇苹果机和苹果操作系统，以鄙视作践微软为荣。为此，他将他的计算机上的视窗界面改成了克隆的苹果界面，使得他的计算机看起来像一台苹果机。他还多次跟我说要将被破解的苹果OSX操作系统装到他的机器上，后因内存不够只好作罢。高一那一年，他为每门功课买的活页夹都是白色透明加蓝边的那种，与苹果机iMac的机壳颜色很像，而活页夹上每门课的标签，就被他做成了iMath（数学）、iPhys（物理）、iChem（化学）、iHis（历史）等等，老师同学看到之后，有理解其意的，都忍不住大笑不止。我也打趣地问他，是否要把他的名字Karl（卡尔）改成iKarl？

苹果公司的创始人和总裁史蒂夫·乔布斯，是儿子崇拜的偶像。他十分留意苹果公司新产品的任何信息，每年到了乔布斯在拉斯维加斯电子产品博览会上发布新产品的那一天，他也会穿上像乔布斯那样的一身黑衣到学校去。我对苹果公司新产品的了解，多半是在晚饭的餐桌上从他那里听来的。儿子的另一个偶像，是卡内基－梅隆大学的兰迪·波许（Randy Pausch）教授。去年我向他推荐了兰迪教授的《最后一课》，他把那段视频看了又看，把兰迪教授的文章也读了好几遍。暮春4月，他应卡内基－梅隆大学的邀请前去参观卡大，以便今年年底申请大学时优先考虑卡大。在排名全美第一的卡大计算机科学学院大楼里，他找到了兰迪教授工作的人机界面研究所，站在门前久久不肯离去。

今年（2008）暑假，儿子入选进入宾州州长学校，在爵硕大学（Drexel University）的信息科学学院学习五周，与来自全州在计算机方面表现优异的五十名高二学生一起，同吃同住，由爵硕大学的教授讲授强化课程。这些学生里强手如林，彼此之间互相切磋交流，计算机水平提高了不少，而各种黑客功力也大涨。我看了看他们的课表，其中就有一门"计算机安全"课。我心想，儿子你上完了这门课，我们的斗机战，我就只能缴枪不杀，彻底投降，甘拜下风了。

学琴记

2009年5月26日晚上八时，费城青年艺术家交响乐团在费城的金梅尔音乐厅（Kimmel Center for the Performing Arts）举行春季音乐会，这是小儿子加入这个乐团以后的第一次大型演出，远在上海的我不能亲临现场观摩，妻子便用手机电话向我全程"实况转播"了这场音乐会。当门德尔松的《d小调第五交响曲》的乐音响起的时候，我把耳朵紧紧地贴在电话机的话筒上，屏住呼吸，细细倾听，希望能从话筒中分辨出儿子奏出的琴音。是的，我听到了，我听到了他坐在小提琴席用那把捷克琴拉出的独特的琴声。此时此刻，儿子学琴岁月里的点点滴滴，也清晰地掠过我的脑海。

小儿子今年上十年级（高一），也是一名有了十年琴龄的琴童。海外华人家庭重视孩子德智体美的全面发展，因而学琴也是许多华裔孩子的必修功课。抱着学琴的孩子不容易变坏的想法，在儿子六岁进入小学学前班那年，我们也正式开始为他延请了钢琴教师，开始了他的学琴生涯。课程开始之前，我们就很严肃地告诉他，学琴是一项艰苦长期的事情，一旦决定去学，就要坚持下去，不许半途而废。儿子懵里懵懂似懂非懂地点了点头，算是承诺了下来。从此以后，家中

费城青年艺术家交响乐团演出　杨岚摄影

每天便有了叮叮咚咚的琴声。

刚开始用胖胖的小手在黑白的琴键上弹奏出自己熟悉的儿歌，确实是一件十分惬意的事情。很快地，那些单调枯燥的音阶练习、指法训练，就让顽皮的小男孩坐不住了。这个时候，更多的考验则是老爸老妈的耐心和智慧了。为了训练孩子正确的手型，老爸时常要拿一把小棍子，在孩子的小手没有立起来的时候，从下面捅他的小手一下。为了指导孩子的音乐理论，老妈也跟着学习五线谱，辨认豆芽菜。当你指出孩子练琴的错误的时候，孩子们的撒手锏往往是：你说我弹得不对，你来给我示范一下。为了对付这一手，有的琴童老妈就痛下决心，也学起了钢琴，和孩子一起上课，最后自己也能像模像样地弹奏几首曲子。而作为乐盲的老爸，面对这种挑战，往往会被刺激得暴跳如雷，面子上挂不住，对孩子强行实施家长的权威。幸好我家的钢琴战争，从来没有爆发到如此激烈的地步。

其实，学琴是最能够体会一分耕耘一分收获的。凭着老师的悉心调教和孩子的悟性，经过几年耐心的磨炼，肖邦李斯特等优美的乐曲，就从儿子的指尖上流淌出来。这个时候，则需要在音乐的理解上给他们一些帮助。每当儿子学习一部新作品时，我都会给他找来这部作品几个不同版本的演奏唱片，让他听一听，熟悉曲子的内容，也了解大师们是怎样演奏这部作品的，并给他介绍作曲家的一些生平事迹，让他对乐曲和作曲家的背景有所了解。另外，为了避免全部弹奏古典作品的枯燥，我们也鼓励他弹一些现代作品。儿子最喜欢做的一件事情，就是把那些好莱坞大片的主题音乐用钢琴弹出来。他去看完《加勒比海盗》、《星球大战》、《指环王》等好莱坞大片之后，就把主题音乐的谱子记下来，然后演奏给同学们听，这让他在小朋友面前也好好露脸了一把。

学习钢琴的孩子大概都有考级的经历，儿子最恨的就是钢琴考级。北美钢琴教师联合会的考级，分演奏和乐理考试两部分，乐理部分需要八十分以上才能通过。儿子在考五级时尽管演奏部分得到了最优的分数，但连续两次都因乐理考试粗心大意差了几分没有通过，因此考级成了他心头的一块痛，他曾发誓永不考级了。我当时就笑话他，堂堂费城青年交响乐团的队员，既然连个钢琴五级的乐理考试都过不了，也不知道你是怎么读懂你们演奏的总谱的。在我的激将法下，他终于发飙了，跳过五六级直接去考七级，居然一次通过，三个月之后，他又把最高级八级给考下来了。他考级时演奏的肖邦《c小调革命练习曲》和肖斯塔科维奇《第二钢琴协奏曲》，颇得费城天普大学音乐系的几位教授的赏赞，被推荐到宾州州立大学举行的全州音乐学生演奏会上汇报演出。

美国的中小学，非常重视音乐教育，儿子就读的北宾学区，尤其以优秀的乐队闻名。因此，在小学三年级时，每个学生都要求学习一样乐器，参加弦乐队或管乐队。由于演奏钢琴不能进入弦乐队或管乐队，儿子必须修习另外一样乐器。那时候，他的钢琴学习正处于瓶颈之中，让他多学一样乐器，无疑是雪上加霜。为此，他恶狠狠地告诉我，他准备学习低音提琴贝斯。他的理由是，低音提琴是个庞然大物，为了运载低音提琴，我必须买一辆皮卡货车来对付它，这样三天下来，我肯定没耐心了。我答应了他的要求，准备买低音提琴和皮卡货车，他看我认真了，赶忙在最后时刻决定改学小提琴，因为他太喜欢小提琴优美的琴音了。

不像钢琴无论如何都可以敲出叮叮咚咚悦耳的琴声，小提琴初学者拉出来的声音，是十分恐怖的。那种揪着你的神经用钝锉子来锉的感觉，是可以把人逼疯的，因此，我们把儿子那时的练琴称为"杀鸡"。那段日子里，每当小儿子要杀鸡时，大儿子和妻子一定会找个理由离开家到外面去躲一躲，留下我来陪着小儿子受刑。有一次小儿子在地下室练完琴后，我指着地上几只死虫子对他说，你看，你的琴声把虫子都杀死了，儿子也乐了，他回答道，既然我的琴声可以杀虫，那我们以后就不用请人来房子里做白蚁预防处理了。

经过一段时间的"杀鸡"练习，儿子的琴声慢慢地变得流畅柔和和悦耳了。在上海音乐学院小提琴专业毕业的林老师的指导下，他的小提琴琴艺有了很大的提高。他参加了学校的弦乐队，在乐队中的位置也由开始时的后排南郭席向前排首席移进，一年之后，他被选入学区的北宾弦乐队，到佛罗里达的迪斯尼乐园演奏，又到加拿大多伦多参加北美小学乐队竞赛，为学区捧回来几座奖杯。为了丰富他演奏的曲目，他也学习演奏中国小提琴曲《白毛女畅想曲》、《梁祝》和《金色的炉台》，在华人社区的活动中上台拉一段这些曲子，很受叔叔阿姨爷爷奶奶们的欢迎。后来，在同学的鼓动下，他去报考费城青年艺术家交响乐团，在自选曲目演奏时，他就选用了《金色的炉台》，他还煞有介事地向考官介绍说这是一首中国曲目，写于"文化大革命"期间，是歌颂毛主席的作品，考官虽然听得一头雾水，却对乐曲的激昂与抒情留下了深刻印象。

在拉过许多小曲之后，儿子决定啃下一部大部头作品，他选择了门德尔松的《e小调小提琴协奏曲》，因为他知道这是老爸最喜欢的一部小提琴协奏曲，每当老爸找到一个新的演奏版本时，总喜欢拉着他一起欣赏，所以他也决心给老爸演绎一个他自己的版本。他请哥哥用钢琴为他演奏交响乐队的伴奏部分，自己认认真真一个音节一个音节地啃下了这部作品。华灯初上，家家炊烟，兄弟俩一个弹钢琴，一个拉小提琴，虽然时有争吵，但也一路默契地演练着这部作品，此情此景，已经成了父母心中最美好的永恒记忆。

十年学琴，随着准备大学的入学申请和考试的逼近，渐渐地就要走进尾声了。其实，作为父母，我们也深知，我们并不是要培养出又一个郎朗、林昭亮或马友友，孩子也不一定是那块料，然而，学琴过程中的持之以恒、不轻言放弃、一分汗水换一分收获的精神，则是对他们性格培养、人格塑造的一门重要功课。另外，孩子小的时候，在家庭情况允许的条件下，让孩子学会一门乐器，终身能有美好的音乐陪伴，在欢乐或痛苦时，可以用音乐来倾诉，则是父母能给予孩子人生的一份礼物。

小暖男

　　我们家的第一个孩子是儿子，因此，第二个孩子出生之前，一直期盼着是个女儿，好让为父为母体验一把儿女双全、花色品种搭配得当的幸福。当发现小二也是一个带把的，妻子跟我开玩笑说：你去买副拳击手套练拳击吧，今后对付两个光头，没点真功夫怎么行？正如俗话所说的那样，老大照书养，老二照猪养，没费什么力气，小二也就长成了一个笑眯眯的大男孩。在他六岁那年的有一天，他很严肃地说要和我们谈一谈，他说：爹地妈咪，我知道你们希望我是个女孩，我让你们失望了，今后等我长大结婚了，一定给你们生一个孙女。你们要女儿不就是为了帮你们做家务吗？我也可以学习做家务呀。听到这番话，我们吓了一跳，原来我们平时在谈笑时，偶尔也会不经意地流露出小二出生前的期盼，哪晓得这些话他听在耳边，记在小脑瓜里，一直成了他的一块心病。我们赶紧向他解释，无论他是儿子女儿，他都是我们家宝贵的一员，我们都一样爱他。从这件事情上，我们也学到一个功课，在孩子面前讲话也要小心为是。

　　自从讲了这番话以后，小二还真是自觉认真地干起了家务活。吃饭时，他会帮忙摆筷子摆碗放餐巾，家里搞卫生，他会拿块抹布东擦擦西抹抹。早上起床，他会将自己的被子叠好房间收拾整齐，有时看到哥哥没有收床，还会顺手将哥哥的被子也叠好。长大一点了，我给家里草坪剪草时，他会在旁边把剪下的碎草归拢收拾干净，冬天铲雪更是他的最爱，可以一边铲雪一边挖雪壕。再后来，家里出行时，收拾行李，装车卸车，也成了他的专长。他收拾的行李箱，井井有条，衣服不是折起来放入的，而是卷成圆筒摆放的，这样衣服不会皱，行李箱也可以多放东西，据他说这是空姐收拾行李箱的方式。初中以后每个暑假离家去上夏令营，我们去接他时，别的孩子行李扔得满地到处疯跑，都要靠父母来收拾，他却已经将衣服被褥洗净收好，坐在那里一边和同学说笑一边等我们来接。每当这个时候，我总是和妻子说，我们前世一定做了什么大善举，让我们能够摊上这么一位暖心乖巧的小儿子。

小二的手很巧，动手能力很强。小时候，我在家里修水管装电扇时，他总爱凑在旁边，给我递一下工具搭一把手，大一点以后，家里这些换锁修灯的所谓技术活，就都被他包下了，这些技术活，有时还很复杂麻烦，但经过他一番捣鼓，最后总能圆满搞定。自从小学一年级教会他折纸鹤之后，他就对折纸产生了浓厚的兴趣，他从图书馆借来几乎所有的折纸书，一边学习一边实践，学会了折各种各样的东西，一张纸在他手里，一会儿就变成了一只生动的小狗或青蛙。家里楼梯拐角处，一直摆放着他用彩色纸折叠的一盆纸花，栩栩如生。暑假去参加夏令营，他会用折纸为每位同学做一个邮件袋，方便大家接受信件和通知。到中餐馆吃饭入座后，他会用筷子套纸为每人折一个筷子架，即干净又方便。他自己的笔记本封皮甚至眼镜盒，也是他自己用纸板折成的。因为热爱折纸，他申请大学自选作文的题目就是《折纸》，在这篇作文里，他写了自己折纸时的体验和愉悦，选材独特，视角新颖，文字优雅，想必也会让大学录取评审官眼睛一亮。我们总是告诉他，凭着他的这双巧手，他应该去学医，去做外科大夫拿手术刀，无奈他从小晕血，看见流血就脸色煞白满头虚汗，我们也就只好作罢了。

虽然美国的公立学校不鼓励学雷锋，但是小二身上似乎有一种与生俱来的雷锋精神。自从三年级参加北宾管弦乐队到十一年级因为要准备申请大学退出费城青年交响乐团的八年间，每次乐队排练之后，虽然乐队总监安排了值日生，但是小二总是自觉地留下来，帮助清理场地，将乐谱架收好，把定音鼓、竖琴等大乐器安顿好，还要打扫卫生，每次去接他，他都是最后出来的几个孩子之一。教会、青少年团契等活动结束后，往往也是他带领几个小朋友，把一大堆碗盘洗好，把厨房厕所统统清理打扫干净才回家。他的这种无私奉献精神，一般的老师同学可能还没有注意到，他的高中辅导员却注意到了这一点：在他十一年级的下学期，他所在的北宾高中从国内来了一位交换生，辅导员安排了几位华裔同学来帮助这位交换生熟悉学校的环境。北宾高中是一所拥有三千多名学生的巨无霸高中，教学楼就像迷宫一样，学生每节课都要更换不同的教室，在不同的教学区之间奔跑。其他几位华裔同学在带交换生找教室一两次之后，往往就甩手不管了，小二同学了解到这种情况，就向交换生要了一份他的课表，每次下课后，自己先来到交换生的教室门口，将交换生带到他的教室，然后再跑回自己的教室去上课。那一天，当他俩一边咬着三明治一边气喘吁吁地赶去下节课教室时，正好被辅导员看到，辅导员了解情况之后，对小二的助人为乐精神大加赞赏。她给妻子打电话说："黎太太，很抱歉打电话打搅您，您接到学校辅导员的电话一定会有点惶恐，担心我是来告状的。不是的，我是打电话来谢谢您的，谢谢您培养了这么好的一个孩子。他有一颗金子般的心。"她把事情的来龙去脉告诉了妻子，最后她还说："我一定会把这件事情写到他的大学申请推荐信里，我要让那些好学校知道：这样的好孩子，哪个学校不录取，一定是那个学校的损失。"后来，在小二大学申请时，辅导员告诉我们，她为小二写了一封在她职业生涯里第二好的推荐信。凭着这封含金量很高的推荐信，以及近乎完美的 SAT 成绩和全 A 高中成绩单，再加上那篇新颖独特的《折纸》作文，小二毫无悬念地被常青藤名校宾夕法尼亚大学提前录取，大学申请这一关对他来说就这样轻轻松松地闯过去了。

进入大学之后，我们全家四人分布在世界四个地方。为了担心妈妈寂寞，小二每个月会乘火车回家来看望妈妈。每次回家，他都会帮助妈妈扫地吸尘，把汽车洗干净，把家里的重活脏活干掉，然后就卷起袖子，帮妈妈和一大盆面，母子两人在家里包饺子包子。他和面舍得花力气，和出来的面软硬合适，很适合包饺子，用不完的面就让妈妈冻在冰箱里慢慢吃。他还会擀皮拌馅等一整套包饺子的流程，在海外出生的华人男孩中，会这门手艺的恐怕也不多。圣诞节全家团聚，在家里招待亲朋好友餐宴之后，往往又是他坚守在洗碗池前把堆得高高的碗盘全部洗净擦干收好。叔叔阿姨们看到这一幕，总是要称赞他一番。妻子开玩笑地说，小二是我们家的小长工，而我更愿意说，小二是我们家的小暖男。这个时候，他总会走过来轻轻拥抱我们一下，告诉我们，他永远是爹地妈咪的小长工和小暖男。

岁月静好，日月如梭。转眼之间，小暖男就要大学毕业了。妻子常常和我悄悄地嘀咕：学业优秀，温和俊朗，名校毕业，专业热门，谷歌等大公司正在向他招手，又会干家务，又会体贴人，虽然有时有点腼腆，有时会犯点小倔脾气，这样的小暖男，哪家姑娘要嫁给他，真是有福了。

兄弟情

费城是美国的一座历史名城，它的全称——费拉德尔菲亚（Philadelphia），在希腊语里就是兄弟之爱的意思。我们在大费城地区生活了十几年，两个儿子在这里度过了他们的童年少年和青年时期，在这里完成了小学中学和大学教育，他们一直认为自己是费城的孩子。我时常告诫他们，你们是在具有兄弟之爱美称的城市里长大的，你们兄弟之间一定要相亲相爱。

两个儿子之间相差两岁半。在小二出生之前，我们就一再教育老大，你将会有一个小弟弟，他是你最好的朋友，你要好好照顾他。因此，当小二出生后从医院回到家里，老大就对弟弟关爱有加。他那时最关心的是弟弟吸的奶嘴是否掉落了，一旦奶嘴不在弟弟嘴里，他一定会马上找出来，塞回弟弟嘴里。弟弟睡醒时哭几声，他就会飞奔到妈妈身边，告诉妈妈弟弟哭了，可能要吃奶。弟弟长到八九个月能坐在沙发上时，他的眼光总是追寻着哥哥，看哥哥玩耍，看哥哥在家里奔跑，哥哥从托儿所回来，他会抽出含在嘴里的大拇指，对着哥哥拍手欢笑，对着哥哥咿咿呀呀地欢呼着。弟弟上托儿所的头几天，由于对新环境不熟悉，不停地哭闹，这时候，老师就去大班把哥哥叫来，看到哥哥在身边，弟弟马上破涕为笑，很快适应了托儿所的生活。在托儿所的游乐场，小哥哥在自己玩耍的同时，也总是关注着弟弟，一旦有小朋友和弟弟抢玩具，他总会跑过去，告诉别的小朋友，这是我弟弟，不许欺负他。

转眼间，两个儿子到了上学读书的年龄。哥哥是个爱读书的小书虫，弟弟在能够自主阅读之前，总是缠着哥哥，让哥哥讲书中的故事。那时候家里早上经常出现的画面就是：弟弟起床后溜到哥哥的房间，给哥哥叠被子收拾房间，哥哥则坐在床上给弟弟讲他所读的书里的故事。弟弟还经常把分给自己的巧克力等好吃的东西奉献给哥哥，换取哥哥给自己讲书的机会。从哥哥这里听到的奇闻新词，弟弟时不时在自己的课堂上也贩卖一番，经常惹得老师大跌眼镜。等到弟弟也能够流畅读书的时候，他将书架上哥哥读过的书一股脑搬到自己房间里，一本本读起来。这个时候问题就来了。弟弟的记性极好，哥哥几年前给自己讲述的书中的内容，他很多还能记住。等到自己读到这些书时，发现哥哥当年所讲，有一些与书中全然不符，有很多哥哥自己的私货或篡改，于是，他气呼呼地拿着书本去找哥哥理论。哥哥的面子挂不住了，只好抵赖或狡辩，这段时间，大概是兄弟两人争吵最多的时候。我们给他们兄弟的争吵定了个原则，就是只许动嘴不准动手，所以两个小男孩从来没有动过拳头打过架。实在相执不下，就来找我评理，我只好糊涂官判糊涂案，搅和稀泥或各打五十大板了事。尽管有这些读书风波，但似乎并没有影响弟弟对哥哥的崇拜，弟弟仍然是以哥哥马首是瞻，对哥哥言听计从。

小哥俩都非常喜爱玩乐高积木，搭乐高则最能体现兄弟两人的合作精神。从小到大，他们的乐高积木积攒了足足有几大箱，一有空，兄弟两人就协商着做一个大工程，往往是哥哥出设计，弟弟动手将这个设计得以实现。每个学期期末考试之后，他们往往会得到一两天空余时间，被允许在自己的房间里翻天覆地，大摆工场，废寝忘食地搭上一两天乐高，他们搭过艾菲尔塔，搭过金门大桥，还有更多自己头脑里的梦幻建筑。等到乐高推出心灵风暴系列产品的时候，他们又结合乐高的马达和传感器等电子装置，搭建了很多机器人和遥控设施，这个时候，往往是哥哥做软件写代码，弟弟做硬件，把一件件发明搞定。看到他们在做这些事情的时候，互相商量，互相协调，还真是一个绝佳的梦之队。

就这样，弟弟踏着哥哥的脚步，从托儿所到小学到中学，一步一步地走过来，甚至穿衣穿鞋，弟弟也要照着哥哥的模样。那时候，给弟弟买一件别的样式的新衣服，他往往不爱穿，却要穿哥哥同时期穿过的旧衣服，能够穿哥哥的旧衣服，似乎是最荣耀的事情，从此以后，给他俩买衣服时，干脆就买同一个牌子同一个式样大小号两种即可。每个新学年，任课老师看看弟弟的名字，总要问一句：你有个哥哥叫卡尔对吧？弟弟只好点点头认可。哥哥学习很好，令许多任课老师印象深刻，因此，他们自然而然地认为弟弟也应该不差，这给了弟弟很大的压力。幸好每学期伊始，哥哥总能给弟弟的修课提一些建议，把修习这些课程的体验和老师的教学风格给弟弟做一些交代，让弟弟受益匪浅。

高中毕业去何处上大学，是每一个高中学生人生中的一项重大选择。参观考察了多所常青藤名校之后，弟弟最终还是听从哥哥的建议，义无反顾地填报了哥哥就读的宾夕法尼亚大学作为提前申报的唯一学校。学校放榜那一天，弟弟长长地舒了一口气，看得出来，他的高兴是双重的：既有被常青藤名校录取的骄傲，更有能与哥哥继续同校的窃喜。入学以后，我们一再鼓励弟弟选读生物医学工程专业，这样，将来也许还能进医学院深造。那时候，哥哥在修读宾夕法尼亚大学沃顿商学院作为第一专业的同时，也在工学院修读计算机图形学作为第二专业，弟弟上课之余，常爱跑到哥哥的计算机图形实验室自习和做作业，看到哥哥和他的朋友们在捣鼓那些又酷又好玩的图形，弟弟终于忍不住，决定再次跟随哥哥的脚步，转专业也来学习计算机图形学。负责该专业的教授收到弟弟的申请喜出望外，很快就接受了弟弟的转专业申请，她还开玩笑说，将来你们哥俩合伙开个公司就叫"黎氏兄弟"好了。

哥哥大学毕业后去康奈尔大学读研究生，兄弟俩才算真正分开了一段时间。每次哥哥回家，弟弟都会开车几个小时去接他，回到家里，就像回到了孩提时期，两人躲进书房，好像有说不完的话讨论不完的问题。读研期间，哥哥开始交女朋友了。在他向我们正式宣布这一消息之后，我把弟弟拉到一边问他，你知道哥哥谈女朋友了吗？你见过哥哥的女朋友吗？弟弟这时候才坦白交代，他早就认识哥哥的女朋友，只是哥哥希望他保密，他才一直守口如瓶没有告诉我们。原来，这位未来的嫂子还是他修习的一门课的助教，三人之间，早就非常熟悉。哥哥回来度假时约女朋友去看电影或是去纽约逛街，往往会把弟弟也喊上，带着弟弟谈恋爱，也是他们兄弟关系中的一段笑谈。我常常笑话弟弟是个超级大电灯泡，并告诉他电灯泡这个词在中文中的含义，这个时候，弟弟总是摸着自己的头一脸无辜地说：是他们要我做电灯泡的。哥哥还会给他帮腔：做我们的电灯泡，顺便学一学谈恋爱的经验，将来自己用得到，不也很好吗？

有一年，我和妻子带小哥俩去参观费城艺术宫展出的梵高画展。在梵高那幅著名的自画像前，我给兄弟俩讲述了文森特·梵高和提奥·梵高兄弟情深的动人故事。我告诉他们：世界上亲兄弟的典范莫过于梵高兄弟了。你们要庆幸自己在这个世界上有一个兄弟，多年以后，父母故去，人世茫茫，世间只有你们是彼此至亲的亲人，逢年过节时有个兄弟互相探望，那是多么美好的事情。弟弟听到这些话，一把抱住我，连连说：爹地你不要说了，哥哥的眼眶则已经泛红。我想，兄弟相爱如此，他们是听得懂父母的心声的。

学中文

　　海外华人家庭非常重视下一代的传统教育，希望自己的孩子能够掌握中文、了解中华文化。因此，在海外华人社区中，中文学校成了"标配"。周末的日子里，一群群黄皮肤黑头发的华人孩子背着书包上中文学校，波坡摸佛地念拼音，抑扬顿挫地读唐诗，是华人社区的一景。看到别的种族的孩子周末可以尽情地玩耍，自己却要去中文学校上学，常常有孩子抱怨不公平，责问为什么，这个时候，父母往往甩出一句：因为我们是中国人！因应了这句响当当的回答，学习中文，成了贯穿许多华人孩子童年少年的副旋律。我家的老大小二，也同样不能免俗。

　　还在孩子牙牙学语的时候，就听人说，要从小教孩子讲英语，这样长大了他们的英语才标准。我们却觉得孩子在海外生长，今后在学校和社会上有大把的时间讲英语，应该从小教他们讲汉语才对。因此，我们家里的"官方语言"是汉语，即使他们用英语提问，我们也只会用汉语作答。有时候，看见小哥俩看着我们，翻着白眼小脸憋得通红，就知道他们的小脑瓜里正在快速进行英译汉呢。后来，外公外婆常来和我们同住，外公外婆不会英语，与他们交流只能讲汉语，小哥俩也就慢慢习惯了。在一个中英并存的家里一定会有一些笑料：有一次，老大告诉外婆，他的小朋友Rose要来家里玩，外婆奇怪：好好一女孩，怎么叫"肉丝"？我们告诉外婆Rose就是玫瑰的意思，老大在一旁听到后大笑不止，他那时正在玩托马斯火车系列，很喜欢火车头后面那节装煤的车厢，因此把玫瑰听成了煤柜，想到Rose原来是装煤的柜子，因此笑个不停。外公经常教小二几句唐诗，诸如床前明月光之类，小二总是把第二句念成"疑是上帝霜"，大概是因为在教会里经常听到上帝这个词，也就念顺嘴了。就这样磕磕绊绊，小哥俩总算是能讲一口流利的汉语。老大八年级那年，还作为报幕员主持了中文学校的春节晚会，看到他一身唐装，字正腔圆地用标准的普通话念台词，老师家长们都竖起了大拇指。

进入小学后，每个周末的下午都要到中文学校学写方块字可不是一件快乐的事情。为了便于辅导，我们让兄弟俩上了同一班级，相当于哥哥留了一级，弟弟跳了一级。最开始，他们上的是繁体字班，第一天上课回来，老大告诉我他对我很生气，他责问我为什么给他取了这么难写的一个名字。原来，黎忆宁这三个字用繁体写起来，确实不那么容易。后来转到简体字班，他就觉得容易多了，直说简体字好。为了教他们认方块字，外公做了很多识字卡片，每天晚饭后拿出来，让小哥俩比赛谁认识得多。我也常常给他们讲一些象形字的规律：比如小上大下是尖，小上土下是尘，高兴的"兴"字就像一个喜悦的人跳起来的样子，双手高举双脚岔开；突然的

"然"字就是船上有一条狗掉到水里了。这些小比喻，让他们记住了一些字，此后，每学一个新字，他们都要我给出一个比喻，我只能告诉他们，并非每个字都能这样来理解。后来，老师教会了他们查字典，他们也就会到字典里去寻找答案了。孩子们对方块字的优美有着独特的体会：有一次参加学校的绘画比赛，小二画了长城城墙和烽火台，烽火台上插着三面大旗，分别写着王、大、中三个大字。我问他谁是王大中，他纠正道：不是王大中，是大、中、王，大中国的王。他还解释说：战旗上的字应该是绣上去的，正反两面看起来必须完全一样，这三个字符合这一条件。我还真被他的解释折服了。

当斗大的字学了几箩筐之后，老师要求学生们学习写作文了，这是孩子们最头疼的事情。老大告诉我，每当想到中文作业的作文时，他就要得忧郁症了。有同学偷偷向他传授经验：用英文写好一篇短文，用谷歌网站翻译成中文，抄下来交给老师就可以了。我们发现之后，对这种投机取巧的行为给予了坚决制止。我们告诉他，写作文时先把要写的句子想好写出来，不会写的字用拼音代替，写完之后再查字典把拼音代替的字填上。采用这个办法，他们终于可以码字堆出一篇短文了。孩子们的中文教师苏老师是华东师大毕业生，出国前曾任东方卫视的记者，对孩子们十分有爱心。她把孩子们千辛万苦码出来的作文投寄给《人民日报海外版》，居然被接受刊出。看到自己的涂鸦变成铅字，孩子们简直不敢相信自己的眼睛。外公在一旁打趣道：我作为一名高中语文教师，几十年涂涂写写，也只在《扬子晚报》上发过几块豆腐干，你们一出手就是《人民日报》，了不起！

随着申请大学的日子的来临，十年的中文学校学习就告一段落了。那年暑假，小哥俩和几个朋友一起回国度假，凭着汉语拼音的底子和认识的几个大字，拿着一张地图在大上海东奔西窜。什么徐家汇美罗城、陆家嘴正大广场玩了个遍。还结伴去了杭州，摸到龙井村去看茶农炒茶，并给外公买了一斤茶叶。我问他们在饭馆点菜看不懂菜谱怎么办，他们说，牛羊鱼肉几个字还是认识的，就是不知道"松鼠桂鱼"是什么东东，难道松鼠也可以吃吗？实在不行了，就指着旁边桌子上的菜，告诉服务员来一份一样的就可以了。也曾经有服务员看到这几个半大小子，讲一口流利的中文，戴着眼镜斯斯文文，却看不懂中文菜单后，瘪瘪嘴嘀咕：可惜了的，这几个孩子怎么是文盲？

回首小哥俩十年学习中文的历程，心中总有一丝缺憾。时间花了不少，但成效却十分有限，虽然可以流利地听说汉语，读写却始终没有过关，充其量还到不了一个初小水平。带他们在祖国名山大川游览时，看到那些楹联匾额之美、字画书法之妙，常有妙处难与君说之无力感。我常常告诉他们中国的四大古典名著是文学的顶峰，他们便找来英文版囫囵吞枣地通读一遍，然后一脸茫然，个中的精妙，自是无从说起。老大在沃顿商学院读书时，还去选修了一门《孙子兵法》课程，他告诉我，他是修这门课程的唯一一名华裔学生，教授不懂中文，他是根据法语翻译的《孙子兵法》来讲授的。我有时也会和他们打趣：学中文苦吗？他们回答道：苦，比德语法语难学多了。我又问他们，将来你们有小孩了，也要送他们上中文学校学中文吗？老大毫不犹豫地回答：当然！

我会查字典了

黎慷宁（十岁）

中文真难学，中国字真难记！我从一年级开始学中文，很多字都记不住。四年级时学会了查字典后就好多了。

中文字典和英文字典很不一样，要按偏旁部首查。刚开始学查字典很难，很慢，我就在家里反复练习。现在我查字典查得很快。上次，我们班查字典比赛，我和哥哥通力合作得了全班第一名。

现在，靠字典帮忙，我可以阅读比较容易的中文书了。下次我回中国看外公外婆，一定要带上字典，这样，我就不会走丢了！

字典是我的好朋友，我喜欢字典。因为它能帮助我学好中文。

（寄自美国）

我怵写作文

黎忆宁（十二岁）

我学中文已经五年了，大家都说我中文讲得很好。可是，老师一要我们写作文，我的头就大了！

上个学期，老师要我们写"我最难忘的一件事"，我什么都写不出来。爸爸启发我说："你可以写一写回中国的事情。"我想起在中国时，我们去了很多地方———北京、南京、上海、广州，游览了许许多多的名胜古迹。其中故宫和长城给我留下了深刻的印象，弟弟要写登长城，于是，我就写了游故宫的故事。

今天，老师又布置写作文了，我的头又大了！我想了想，就写写我做作文的苦和乐吧……

(寄自美国)

《人民日报海外版》(2004年07月15日第七版)

后　记

上世纪八十年代末出国留学，先后在德国、芬兰、加拿大和美国的大学、研究所和跨国公司学习工作，并在海外安家生活。2008年初萌生了回国工作的念头，突然发现在海外生活了近二十年后，终日里使用外语，汉语的写作能力已经严重退化。为了恢复自己的中文写作能力，从那时起就尝试着写一些豆腐块小文，记叙在海外的生活经历，发到高中同学的群里供大家消遣。回国后，在公司从事科研之际，为了促进企业文化建设，鼓励同事们办好公司内刊，也写一些文章投稿给内刊发表，还有一些小文在上海市欧美同学会的内刊《海归学人》上刊载。这里将其中的三十篇辑成《他乡的星光》，以纪念在海外的这段岁月和一起学习工作的师友。

杨小洲先生是少年时一起读书练字的发小，是他一直鼓励我坚持动笔写作，建议将这些小文辑集发表，并亲自担任本书的装帧设计；杨岚女士是每一篇文章的首位读者，仔细修改其中的错别字和文句不通畅之处，也是书中许多照片的摄影师；中国科协名誉主席、第十二届全国政协副主席、北京大学教授韩启德院士阅读书稿后欣然为本书作序，在此一并衷心致谢。

"星空璀璨"中关于多位科学家生涯的介绍，参考了诺贝尔基金会、美国化学会、美国国家科学院以及相关科学家所在机构官方网站的内容及图片，图片版权归原机构所有。